Walter Richard Maus

Gedanken und Geschichten

Aus Tagebüchern eines Arztes

Herausgeber: Heribert Steger

© 2018 Heribert Steger

Herstellung und Verlag:
B o D - Books on Demand, Norderstedt
In de Tarpen 42
22848 Norderstedt

www.bod.de
E-Mail: info@bod.de

ISBN: 978-3-7460-6027-9

Illustrator: Heribert Steger

Dr. med.
Walter Richard Maus

*geboren am 30.06.1919 in Köln am Rhein,
verstorben am 19.05.2002 in
Friedrichshafen am Bodensee*

Gedanken und Geschichten

Anekdoten, Erlebnisse,
Kritisches, Kurzgeschichten,
Meditationen und Reflexionen

**Posthum aus Tagebüchern
und Notizen gesammelt
und herausgegeben
von seinem Sohn**
Diakon Heribert Steger,
geb. Maus,
Diplomtheologe und
Religionslehrer i.R.

Nürnberg/Norderstedt, 2018

Widmung

Meinem am 19. Mai 2002 im Alter
von fast 83 Jahren verstorbenen
Vater Dr. med. Walter Richard Maus

in Liebe und Dankbarkeit

gewidmet von seinem Sohn

Heribert Steger, geb. Maus

Inhalt

Ausgedient

Ich habe den alten Herrn Woogen gekannt. Er war Drogist und hatte eine große Drogerie. Ein Sohn wurde katholischer Priester, der andere hochrangiger Jurist. Ab und zu besuchte ich ihn, und wir sprachen über Gott und die Welt.

Eines Tages zeigte er mir ein Bild, das er gerade gekauft hatte. Es zeigte einen alten Mann auf einer Bank, der sich versonnen auf seinen Stock stützte. Dann sagte er: „Das bin ich." Er war noch rüstig. Seine Frau war bereits gestorben, die Kinder lebten schon lange ihr eigenes Leben in einer anderen Stadt. Einige Wochen später starb er ohne eigentlichen Grund, denn er war noch sehr rüstig.

An ihn muss ich jetzt oft denken, wenn meine Beine versagen, dass ich mich auf eine Bank setzen muss und mich auf meinen Stock stütze, so wie dieser alte Herr Woogen mit seinem Bild.

Ich schaue mir Blumen und Wolken an und bin nicht unzufrieden. Wenn ich aber die kleinen Flugzeuge sehe, denke ich mit Wehmut an meine Pilotenzeit. Es ist vorbei. Vieles ist vorbei. Meine Zeit als Pilot, bevor ich den ersten Herzinfarkt bekam, die Zeit, in der mich meine Kinder brauchten, meine Berufszeit, die Zeit, in der ich noch ohne Beschwerden laufen konnte und vieles andere mehr ist vorbei. Meine Kräfte zerfallen langsam. Meine Augen sehen weniger. Mein Gehör lässt nach. Meine Lebenskräfte neigen sich dem Ende zu. Sie haben ausgedient.

Beinahe fast

Als Überschrift wirkt es komisch. Aber es handelt sich um Fußball. Blau spielt gegen Rot. Rot war besser; nein, eigentlich war Blau besser. Aber Rot hatte mehr Glück. Doch Blau hatte noch mehr Glück und schoss ein Tor. Die Zuschauer tobten und brüllten.

Ein armes mit Luft gefülltes Leder kann eine Lawinenreaktion auslösen. Man kennt es und fürchtet es. Polizei ist notwendig! Einsichtige schütteln nur den Kopf. Aber das Spiel geht weiter. Rot ist am Ball und schießt. Der Ball landet auf einem blauen Fuß. Rot rennt. Zwei liegen am Boden. Der Schiedsrichter pfeift. Sanitäter starten und geben wieder auf. Knochenbrüche soll es bei diesem Spiel sogar unter Freunden gegeben haben. Früher gab es noch nicht so viele verletzte Spieler am Boden wie heute. Es ist fast wie im Krieg, wo ein Soldat seinen besten Freund umbringt, nur weil der eine andere Uniform hat.

Doch solche Gedanken muss man sich verkneifen, denn es ist ja ein Spiel, das von den Zuschauern mit mehr tierischem Ernst durchlitten wird als von den Spielern. Die tauschen am Ende ihre durchgeschwitzten Trikots aus und trinken ein Bier zusammen. Aber ärgerlich ist dieses Beinahe-fast-Spiel trotzdem. Der Trainer ist sowieso an allem schuld. Vom Schiedsrichter gar nicht zu reden – aber der hat ja Polizeischutz.

Die Haupttätigkeit bei diesem weltbewegenden Spiel ist rennen und treten. Vorwiegend gegen den armen unschuldigen Ball. Aber auch gegen Schienbeine und andere Körperteile. Der Schiedsrichter sieht alles. Fast alles. Das Tor war fällig, der Schuss gut. Nur das Tor stand 15 cm zu weit links, und der Torwart hatte schon wieder seine Hände dazwischen. Es ist wirklich bewundernswert, wie diese Torhüter den Ball aus einem verworrenen Menschenknäuel heraus angeln. Dann folgt ein Schuss – man hat das Wort der Kriegsmaschinerie entlehnt – bis fast an das gegnerische Tor. Mit noch etwas mehr Kraft könnten die beiden Tormänner das Spiel ohne die Mannschaften bestreiten. Die machen sowieso laufend Mist. Schießen z.B. aus kurzer Entfernung hoch über das leer stehende feindliche Tor. Oder an die Latten, den Pfosten oder leicht daneben. Und dann geht es doch auch für die Roten noch einmal gut aus und man erzielt den Ausgleich 1 : 1. Mit „beinahe" und „fast" hat man neunzig Minuten lang seinen Puls beschleunigt und seinen Blutdruck erhöht.

Briefe an den lieben Gott

"Hallo, Mister Gott, hier spricht Anne." Diese Worte eines kleinen Mädchens haben mich vor Jahren tief bewegt. Auch ich möchte mit Gott sprechen, weil ich so viele Fragen klären möchte. Den Satz von Immanuel Kant: „Gott, wenn Du bist, hilf meiner armen Seele, wenn ich eine habe" schwelt seit meiner Jugend in meinem Unterbewusstsein. Dass Gott existiert ist keine Frage. Das Universum ist nicht aus dem Nichts entstanden. Aber wie lerne ich die Sprache Gottes?

Wenn Gott allmächtig ist, müsste er meine Sprache und die Sprache aller Lebewesen verstehen. Doch an der Allmacht zweifeln die, die an den Teufel glauben. Wer hat den nur erfunden? Aus der Welt des Übersinnlichen, also nicht sinnesmäßig Wahrnehmbaren, werden uns von Berufenen und noch mehr von Unberufenen verflixt viele Märchen erzählt, aber wir möchten die Wahrheit wissen. Die volle Wahrheit aber, - so meine ich – ist so groß, dass wir sie nicht fassen können.

Ein Kind ruft: „Hallo, Mister Gott!"
Ich möchte gerne mit Gott telefonieren. Aber er spricht nicht mit einem Mund, hört nicht mit Ohren, wie den unsrigen – so vermute ich. Ich habe daher etwas gegen die Diener Gottes, die so tun, als ob sie

soeben mit Ihm telefoniert hätten. Sie reden mit einer solchen Gewissheit über Dinge, die sie nicht wissen können.

Meine erste Frage an Gott wäre: "Vater, wer bist Du?" Damit habe ich Ihn Vater genannt, was wohl nicht verkehrt ist. Und ich habe „Du" zu Ihm gesagt. Vertrautheit oder Vermessenheit? Aber wenn mein Herz liebend sich an Gott wendet, kann ich nicht „Sie" zu Ihm sagen. Gottes mögliche Antwort steht auch schon in der Bibel geschrieben: „Ich bin, der ich bin!" (Ex 3,14) Das erklärt das Unbegreifliche als primäre Existenz.

Die grünen Busse auf Gran Canaria

Ich fahre gerne mit den grünen Bussen auf Gran Canaria. Sie ersetzen glatt eine Fahrt mit der Achterbahn und sind viel billiger.

Die Busse sind fast so schnell wie ein Taxi. Jedenfalls kommt kein Taxi so leicht an einem Bus vorbei.

Außerdem sitzt man viel höher und kann sein Gemüt auf Höhenangst prüfen, wenn man mit 5 cm Abstand am Abgrund vorbeisaust.

Da wäre man besser angeschnallt wie im Flugzeug. Aber ohne Gurte kann man sich besser in die Kurve legen und der kontaktfreudigen Nachbarin entgegenkommen.

An drei Punkten muss man in jedem Fall Halt finden: An beiden Händen und mindestens auf einem Fuß. Das gilt für Sitzplätze. Bei Stehplätzen wäre man besser ein langarmiger Affe.

Aber es macht wirklich Spaß. Die Fahrer sind tolle Fahrer. Sie fahren ja auch schließlich einen Mercedes-Bus.

Christentum auf dem Prüfstand

Der Rabbi Jesus muss ein sehr interessanter Mann gewesen sein. Wahrscheinlich wäre ich im Kreise seiner Jünger mit getrabt. Er sprach von sich selbst als vom Menschensohn. Er sprach von seinem Vater, der im Himmel ist. Formulierungen, die auf jeden Menschen zutreffen. Wer ihn im Laufe der Religionsentwicklung zum Gottessohn gemacht hat, können die Theologen erforschen.

Jesus war ein Freiheitsbringer. Er befreite von Vorurteilen und alten Zöpfen – wie die meisten Revolutionäre. Das passte weder den Römern noch den Pharisäern. Darum musste er beseitigt werden. Justizmord war damals schon eine simple Methode. Doch vorher war einiges geschehen. Von seinem 12. bis 30. Lebensjahr weiß man nichts von ihm. Er war vermutlich in Indien. Meines Erachtens ist es unwahrscheinlich, dass er bei seinem Intelligenzgrad des Schreibens nicht kundig gewesen sein soll. Schriftliche Dokumente können im Laufe der Zeit verlorengehen.

Der Stifter des Christentums ist meiner Meinung nach der heilige Paulus: Ein Fanatiker, ein Frauenverächter, ein Epileptiker. Wehe, wer nicht seinen Glauben hatte!

Die ersten Christen waren sicherlich Heilige, die sich zu idealen Lebensgemeinschaften zusammenschlossen. Sie dienten und halfen einander. Sklaven waren für sie auch Menschen wie sie selbst. Natürlich passte das den Herrschenden nicht ins Konzept. Also gab es Märtyrer. Das brachte kluge Köpfe und Wohlmeinende zum Nachdenken. So bekehrten sie sich, bis die Christen eine Mehrheit wurden. Mit den armen Heiden hatte man zunächst Mitleid. Als die christlichen Machthaber aber die Mehrheit bildeten, wurden sie den sogenannten Heiden und Ungläubigen gegenüber intolerant und erhoben das Christentum zur einzig erlaubten Staatsreligion.

Die 10 Gebote aus dem Alten Testament waren zur Regelung des menschlichen Miteinanders brauchbar. Auch ohne Psychologie wusste man damals, dass die Triebe des Menschen durch Sex, Machtgelüste und Besitzdenken geprägt waren, die durch die 10 Gebote in ihre Schranken gestellt wurden. Vor allem durch das Gebot der Keuschheit bekam die Kirche Macht über die Seelen der Menschen. So wuchs die Macht der Kirche.

Der Papagei

Der Amtsgerichtsrat war schon 40 Jahre im Dienst und hatte viel Erfahrung. Er kannte die menschlichen Gefühle und wusste aus seiner Zeit als Familienrichter, dass sie wenig zu den Buchstaben des Gesetzes passten.

Heute ging es um den Tod eines exotischen Vogels. Er sollte durch Zigarettenrauch umgekommen sein. War dies fahrlässige Tötung oder absichtlich begangener „Mord" aus selbstsüchtigen Motiven? Der Amtsgerichtsrat war Nichtraucher. Wie schädlich das Passivrauchen war, wusste er nur aus der Zeitung.

Obwohl er oft unter Rauchern am Stammtisch saß, war er sich der schädlichen Wirkung des Passivrauchens nie bewusst gewesen.

Er wusste auch, dass Tiere Nichtraucher sind. Eine Ausnahme hatte er einmal bei einem Affen beobachtet. Der war regelrecht nikotinsüchtig. Ob aber Papageien das Rauchen von Menschen lernen können, wusste er nicht.

Ein Veterinär von seinem Stammtisch wusste es auch nicht. Daher wich er der Fragestellung des Amtsgerichtsrats geschickt aus, indem er meinte, Rauchen könnte unter Umständen auch für Tiere tödliche Folgen haben.

Der Veterinärmediziner meinte weiterhin, Einzeltiere seien oft für Neurosen prädestiniert. Schließlich habe der fragliche Papagei eine Halskrause gegen Federfraß getragen, was in etwa einer Zwangsjacke in der Psychiatrie entspreche. Die Großmutter, der der Papagei gehörte, hatte nichts gegen ihren Enkel, aber sie machte den Nikotinkonsum ihres Enkels für den Tod ihres Papageien verantwortlich. Darum verklagte sie ihn.

Der Amtsrichter erfuhr, dass die Großmutter, der der Papagei gehörte, grundsätzlich nichts gegen ihren rauchenden Enkel hatte; doch der Nikotinkonsum ihres Enkels muss sie doch sehr gestört haben und ihr ziemlich auf die Nerven gegangen sein.

Der vor dem Amtsrichter stehende Raucher war empört. Er habe den Papagei nicht ermordet. Der Amtsrichter ließ das zu Protokoll nehmen.

Tiere waren zwar nach den letzten Gesetzesbestimmungen keine Sachen mehr, aber es sind auch keine Personen, die man morden könnte.

Das Herz des Amtsrichters, der auch Familienvater war, rührte sich.

Gefühle sind oft stärker als der Verstand. Der Amtsrichter überlegte und nahm im Geiste die Waage zur Hand, die Justitia - allerdings oft mit verbundenen Augen dargestellt - vor vielen Gerichtsgebäuden ebenfalls in den Händen hält.

Da war also zunächst der Papagei: Wie alt er in Wirklichkeit war, ist schwer festzustellen, denn Zoohändler haben ein schlechtes Gedächtnis für Jahreszahlen. Dann war der Vogel sowieso vorgeschädigt. Er fiel also von der Stange und brach das Genick. Ob hier Selbstmordabsichten vorlagen, wagte der Amtsrichter nicht zur Diskussion zu stellen. Die Trauer der „Papageienmutter" d.h. der Großmutter, der der Papagei gehörte, die so viele Gefühle investiert hatte, war allzu menschlich verständlich.

Als Nichtraucher befragte der Richter den Qualmer, ob ihm dieses Erlebnis nicht ausreiche, um Nichtraucher zu werden? Der Befragte grollte nur. Jedenfalls werde er nie mehr ein Haus betreten, in dem Papageien wohnen.

Der Amtsrichter sprach kein Urteil. Er tat das Klügste, was Richter in Zweifelsfällen tun können. Er vertagte die Sache auf einen möglichst fernen Zeitpunkt. Er wusste, Gefühle ebben mit der Zeit ab.

Die verschwundenen Koffer

Ein Reiseerlebnis

Zunächst war alles normal - von der Haustüre angefangen bis zum Flugplatz. Hier vergaß ich meiner Tochter die Wagenpapiere mitzugeben. Wie ich mich dann von Gran Canaria aus telefonisch versichern konnte, machte das meinem Wagen und meiner Tochter gar nichts aus. Denn Wagenpapiere werden jahrelang nicht kontrolliert. Höchstens dann, wenn man keine dabei hat. Dieser Aufregung war also das Spannendste genommen. Aber es wurde noch spannender. Reisen können mitunter sehr langweilig sein, wenn immer alles klappt. Jetzt wurde es abenteuerlich; denn es passierte etwas.

Der Abfertiger am Schalter für die Bordkarten muss ein Trottel (nach späteren Betrachtungen vielleicht auch ein Filou) gewesen sein; denn er gab uns eine falsche Bordkarte. Wir hatten Zürich – Las Palmas gebucht. Voll Vertrauen – ich bin grundsätzlich nicht misstrauisch – steckte ich die Bordkarte ein. Aber der Aufmerksamkeit meiner ständigen Begleiterin, die im Vergleich zu mir offensichtlich wesentlich intelligenter ist, fiel auf, dass dort Zürich – Santiago drauf stand. Wir hätten also zum selben Preis nach Santiago in Chile fliegen können.

So sauste also meine bessere Hälfte vorsorglich zum Schalter zurück. Der Abfertiger entschuldigte sich vielmals. Er habe heute seinen schlechten Tag. Die Koffer waren schon mehrere Minuten auf dem bekannten Band entschwunden. Der junge Mann versprach, sie zurückzuholen. Aber wie? Bei einigen tausend Koffern?! Immerhin sind es ja erleichternde Erlebnisse, diese schweren Dinger los zu werden und sie in sichere Gewahrsam davon gleiten zu sehen.

Wir glaubten dem Mann. Doch nicht ohne Zweifel. Denn es war eigentlich ziemlich unwahrscheinlich.

Nach der Landung des Flugzeugs in Las Palmas auf Gran Canaria das gewohnte Bild: Koffer, Taschen, Kinderwagen und unwahrscheinliche Bündel kommen aus der Tiefe und kippen auf das Band. Sie werden von ihren Besitzern heraus geangelt. Früher waren unsere Koffer immer dabei. Viele sahen wie unsere aus, waren es aber nicht.

Endlich stand das Band still. Es lagen noch erstaunlich viele Gepäckstücke auf dem Band. Auch als wir schon weggingen. Alles Irrläufer? Schon oft haben wir uns gefragt: Wieso kann sich nicht irgendjemand einfach so einen Koffer nehmen und bei den kaum vorhandenen spanischen Kontrollen damit verschwinden? Wir hätten uns ja auch von den restlichen Koffern zwei nehmen können, die wie unsere aussahen ...

Die Aufsicht wusste nichts von unseren Koffern und war nicht zuständig. Innerhalb einer Stunde hatten wir drei weitere Schalterstellen bemüht, die aber auch alle nicht zuständig waren. Als eine Flughafenangestelle uns in gebrochenem Deutsch versicherte, sie werde sich bemühen, gaben wir auf und fuhren als Gestrandete in unser Quartier. Auch das war eine zusätzliche Enttäuschung, die weibliche Tränen fließen ließen.

Immerhin war das Wetter schön und der Meeresblick aus der miesen Bude besser als die einsame Insel von Schiffbrüchigen, die wir ja mit drei Palmen aus den Witzblättern kennen. Im Kühlschrank war Wein. Die Flasche reichte, uns etwas zu trösten und bettschwer zu machen.

Im nächtlichen Traum wurde ich Opfer einer Fahndung. So leicht kann unser Unterbewusstsein uns mit verlorenen Koffern verwechseln.

Am nächsten Morgen vertrösteten wir uns mit dem Gedanken, dass es Schlimmeres gibt. Warum verreist man überhaupt? Nur um mal wieder schlechter zu wohnen als zu Hause? Immerhin überstanden wir trotz winterlicher Kleidung das sommerliche Klima ganz gut. Außerdem konnten wir Ersatz kaufen. Geld und Kreditkarten waren Gott sei Dank nicht in den verlorenen Koffern. Wir errechneten einmal den totalen Wert, der uns durch den Verlust der Koffer entstanden zu sein schien und kamen gut und gerne auf einige tausend DM. Kofferklauen lohnt sich anscheinend. Trotz Telefaxe und Telefonaten wurden die Koffer nicht gefunden. Außerdem war heute Sonntag. Also Ruhetag. Morgen können die Drähte dann wieder heiß laufen. Zu diesem Zeitpunkt war ich wild entschlossen, wenigstens die Telefongebühren später einzuklagen.

Natürlich könnte der Schalterknabe ein Gauner gewesen sein und die Bordkarten mit Absicht verwechselt haben, um die Koffer irgendwie beiseite zu schaffen. Aber so sah er eigentlich nicht aus. Aber nur im Fernsehen sehen die Kriminellen wie Kriminelle aus.

So nährten wir unser Gemüt mit vergangenen schlimmeren Erlebnissen. Ende des Krieges hatten wir ja auch nichts. Nicht mal eine Kreditkarte. Die waren damals noch nicht üblich. Wir lebten nun wie damals ohne wechselbare Wäsche. Na ja, im Krieg verdreckt man ja sowieso. Ein Glück, wenn einen Läuse und Flöhe in Ruße ließen. Außerdem ist heute erst der zweite Tag nach der Ankunft auf Gran Canaria. Und wenn man bedenkt, wie es in den

Kriegs- und Katastrophengebieten zugeht, will man lieber schweigen und nicht klagen. Aber dass sich mein Hörgerät unnötigerweise auch in den Koffern befand, kratzte mich doch. Auch vermisste ich die Kratzbürste, mit der ich die Bildung des notwendigen Acetylcholins in der Haut fördere. Außer den zwei Koffern und deren Inhalt vermissten wir noch einiges an Komfort im Hotelzimmer, aber es passierte Gott sei Dank sonst nichts weiter. Natürlich fehlten mir auch meine Pillen. Aber was soll's? Wie vielen Menschen auf dieser Welt fehlt das Frühstück? Und das hatten wir ja. Außerdem hatten wir noch etwas: den Weihnachtswunsch, dass unsere Koffer doch noch kämen.

Und das taten sie dann auch – gerade rechtzeitig zum Heiligen Abend am 24. Dezember. Ohne Printen und Tannennadel, ohne Baum und Krippe, ohne Schnee und Kälte, ohne Kerzenschein und Spekulatius waren unsere weihnachtlichen Gefühle zwar etwas gedämpft, aber die Ankunft der Koffer waren wie herrliche Weihnachtsgeschenke.

Ein Dachziegel für 100 Mark

Ein Biberschwanz war zerbrochen und daher das Dach nicht mehr dicht. Gerne hätte ich einen meiner Reservebiberschwänze hineingeschoben. Aber meine zukünftige Witwe protestierte. „In Deinem Alter klettert man nicht mehr auf Dächern herum! Bestell den Dachdecker!" Sie hat sowieso seit mehr als 50 Jahren Entscheidungsgewalt in unwichtigen Dingen. Da ein Biberschwanz im vorliegenden Falle unwichtig erschien, rief ich an.

Hilfe kam prompt, weil ich immer prompt zahle. Es kam nicht einer, nein zwei. Ich verstehe, man kann ja nie wissen wie sich die einfachsten Dinge kompliziert machen können. Ich öffnete das Dachfenster. Einer der Männer schwang sein Bein nach draußen. Ich reichte ihm meinen Reservebiberschwanz. Es klapperte wie es eben Biberschwänze tun, wenn sie einrasten.

Na, das hat ja minutenschnell geklappt! Natürlich war auch ein Trinkgeld fällig, wegen des schnellen Erscheinens. Die Rechnung kam auch schnell: DM 100,--. Verständlich: 2 Mann, Weggeld, Arbeitszeit, Fachwissen ...

Den nächsten Biberschwanz schiebe ich selber in die Lücke! Wahrscheinlich aber liegt der so, dass ich einen Turmkran bestellen muss ...

Ein Genesungsprozess

02.01.95: Am 23. holte EA [Kosename für Erika-Elisabeth, seine Ehefrau] mich ab. Liegend. 3 Wochen nicht sitzen. So ganz ohne diese Zwischenstufe beim Aufstehen und hinlegen geht es wohl nicht. Es ging schon ganz gut. Zweimal eine größere Runde ums Haus, einmal eine Runde durch den Wald. Am 29. Dezember bis ins Dorf. Ohne Schmerzen (aber langsam) zurück. Dann hingelegt und bleischwer geschlafen. 2 Tage nicht in der Lage aufzustehen! „Man bricht im Kreuz ab." Jetzt geht es besser, aber noch nicht gut. Zur Ermunterung stand in einem Buch, dass es einem Drittel der Bandscheibenpatienten nach der Operation schlechter ginge als vorher. Prost!

24.01.95: Das Kranksein wird man langsam leid. Aber mit Gewalt kann man auch nicht gesund werden und mit lauter Pillen wird einem schlecht.

09.02.95: Geburtstag von EA. Ich muss zum Zahnarzt. Therapie. Die Operation ist jetzt 8 Wochen her! Dass mein Zustand der Anfang vom Ende sein könnte, war auch schon im Gespräch. Es geht zwar besser, aber schmerzfrei bin ich meist nur im Bett. Man kommt zu nichts!

14.02.95: Es ging nicht mehr. Vor lauter Schmerzen und Verzweiflung wieder in die Klinik. Das alte Zimmer. Aber es bleibt inzwischen fast eine Stunde länger hell.

Was die Diagnose angeht – so geht man um den heißen Brei herum. Röntgen LWS. Nichts! Morgen! Labor. Ob was Entzündliches dahinter steckt? D.h. dass ich morgen noch sicher nicht (vor allem schmerzfrei) nach Hause kann. 3 Wochen Reha-Kur sind im Visier. Dahin kann man auch den schwarzen Peter abschieben.

15.02.95: Vor 2 Monaten Operation. Die Schmerzen (meint der Primarius) kämen von der verspannten Muskulatur. Meines Erachtens spüre ich deutlich einen Unterschied beim muskulären und beim neuralen Schmerz. Wenn's Verspannungen sind, müsste Autogenes Training etwas bringen. Ich fange gleich damit an.

Es lohnt sich, darüber nachzudenken, was wir mit dem Rest unseres Lebens anfangen.

Über 20 Jahre waren wir auf dem Rössleberg glücklich. Aber langsam geht es nicht mehr. Mit einer gewissen Voraussicht haben wir damals die Hafenstraße gekauft, die ja praktisch immer wertvoller wird.

Leider hat EA nicht den gleichen Sensus fürs Wohnen wie ich. Ich bin vorübergehend auch mal mit „hausen" zufrieden. Aber Seeblick muss ich haben!

Aus der Hafenstraße könnte man ein Schmuckstück machen. Natürlich würde das teuer. Aber Schmuckstücke sind nie billig. Es gäb' wieder etwas zu planen, zu gestalten. Und wir hätten viel Platz.

20.02.95: Schon wieder in der Klinik. Ich bin es langsam leid! Ein überzeugender Therapieplan wurde mir noch nicht präsentiert. Dafür aber wieder der Klinikstumpfsinn: Wieder Labor (was vor einer Woche bereits gemacht wurde).

Gestern hatte ich kaum Schmerzen. Heute geht es wieder los. Die Medikamente belasten den Magen. Es war so herrlich, einmal kurz ohne Schmerz zu sein.

21.02.95: Gut geschlafen. Aber relativ kurz. Die Schmerzen sind nur noch gering. Der Mut kommt wieder. Sodass ich hoffe, in absehbarer Zeit wieder wandern zu können. Natürlich liegt ein untrainiertes Jahr hinter mir.

Der Professor will ein „Sicherheitsnetz" über mich werfen. Also wieder Labor wie vor einer

Woche. Aber heute wollte der Stationsbesen nicht mehr, weil ich zuerst nicht wollte. Also morgen wieder nüchtern bleiben. Dafür gab es heute ein EKG. Mindestens das 10. im letzten Jahr. Jetzt ist die herrlichste Frühlingsluft, und ich kann nicht nach draußen, weil ich auf die Visite warte.

02.03.95: Mein Heilungsprozess schwankt zwischen Mut und Hoffnungslosigkeit. Mein sehnlichster Wunsch: Mal wieder normal gehen zu können. Zweimal seit der Operation hatte ich einen halben schmerzfreien Tag. Heute geht es einigermaßen. Ich warte mal ab, wie es nach dem Stengerbad sein wird.

Zur Zeit grüble ich über neue Methoden nach, wie man das Kreuz stabilisieren könnte. Zellinjektion? Bindegewebe? Gymnastik zur Stabilisierung der Muskulatur ist bis jetzt die einzige Idee meiner hiesigen Therapeuten. Wobei die Wassergymnastik der Trockengymnastik haushoch überlegen ist.

08.03.95: EA meinte, meine Nachwehen der Operation könnte der Anfang vom Ende sein. Möglich wäre das schon. Wenn meine Beschwerden eine Kettenreaktion auslösen würden. Bewegungsmangel, Embolie, Reaktivierung des

Carcinoms infolge Röntgen-Belastung, Spondylitis, Meningitis usw.

Allerdings glaube ich, den Aufstieg gestern begonnen zu haben. Rückfälle sind möglich. Die Mahnung höre ich: Übernimm Dich nicht, pass auf Dich auf, du bist keine 50 mehr. Als ich 40 war, hieß es: Du bist keine 20 mehr. Es ist sicher gut gemeint, entspricht aber nicht meiner Natur. Ich liebe Herausforderungen. Aufgaben. Und so blöde bin ich auch nicht, meine Kräfte maßlos zu überschätzen.

14.03.95: Die ganze hiesige Therapie zielt hier auf Stärkung der Muskulatur. Das Beste ist meines Erachtens die eigene Tonisierung und Streckung der Wirbelsäule.

16.03.95: Heute lag wieder mächtig Schnee. Aber die Sonne fraß ihn bald weg. Meine Freude wächst. Morgen ist hier mein letzter Tag.

Eine Fliege

Sie setzte sich auf weißes Papier in meinem Buche, genau an die Stelle, wo ich gerade las. Es war ein Exemplar mittlerer Sorte. Nicht so ein Riesenbiest, von der eine Schwalbe für einige Stunden satt wird. Und auch nicht so klein, wie diejenigen, die so gerne in Getränken schwimmen.

Sie war eigentlich schön und sie sah mich mit einem Auge vertrauensvoll an. Fliegen haben Augen, die unseren Guckapparaten weit überlegen sind.

Eitel war sie auch. Sie putzte mit den Hinterbeinen ihre Flügel, was von enormer Gelenkigkeit zeugte. Wenn man so viele Beine hat, verfügt man auch über einige Reserven. Mit den Vorderbeinen – besser würde ich Arme sagen – wusch sie sich unentwegt. Rechts drüber, links drunter – so wie wir es tun, wenn wir Seife in den Händen haben. Aber ich konnte weder Hände, noch Seife, noch Dreck sehen. Es war alles zu klein. Aber sie wiederholte diese Prozedur mehrmals. Ich vermutete, dass es sich um ein reinlichkeitsbesessenes weibliches Tier handelte. Sie strich sich mit den Armbeinen über den Kopf, obgleich sie keine Haare hatte.

Dann fuhr sie einen Rüssel aus. Nach unten. Ich hatte nicht geahnt, dass auf Buchzeilen noch Substanzen existieren, die für Fliegen schmackhaft sein können. Wenn man aber schon mal durch ein Mikroskop oder sogar durch ein Elektronen-Mikroskop geschaut hat, wundert man sich nicht mehr. Ich muss mich verbessern: Man sieht immer mehr Wunder, als man vorher überhaupt geahnt hätte.

Aber was "denkt" sich eine Fliege überhaupt, wenn sie mir ihre Zeremonie vorführt? Tolle Figur, tolle Konstruktion, kluges Verhalten. Und fliegen kann sie auch. Perfekter als Hubschrauber und Jumbo-Jets.

Ehrlich, ich habe Bedenken, ein solches Wunder-werk einfach tot zu schlagen. In diesem Moment erhob sie sich und flog grußlos weg. Es kann aber auch sein, dass ich ihren Gruß nicht gehört habe, denn ich bin schwerhörig.

Freiburger Impressionen

Es war Krieg. Köln sah scheußlich aus, alles ausgebombt und verbrannt. Sollte ich da zur Universität nach Freiburg wechseln? Schließlich munkelte man, dass dort auch die Verpflegung besser sei. Dies blieb jedoch ein Wunschtraum. Damals führten noch keine Autobahnen nach Freiburg und es gab kein Quartier in der Stadt. Nach einer Reise mit dem Fahrrad in einer Studentenkompanie hausten wir auf einer Skihütte auf dem Schauinsland. Die Verbindung nach Freiburg war ein Tagesunternehmen.

Viele Jahre später. Der Krieg war vorbei, obwohl vieles noch in Trümmern lag. Aber es gab schon wieder Wohlstand und Luxus. So fuhr ich mit meinem Auto und einem Motorboot mit Kajüte auf einem Anhänger in Richtung Bodensee. Auf dem Rückweg wollte ich einmal wieder Freiburger Pflaster betreten. Als ich ankam, war schon tiefe Nacht und Freiburg schlief. So parkte ich einfach vor dem Münster und schlief in der Kajüte meines Bootes. Parkverbotsschilder wie heute gab es damals noch nicht. Ich schlief herrlich. Als ich wach wurde, war ringsherum Markt ... Na, sowas!

An diesem Bilderbuch-Sonntag gab es Musik an vielen Ecken. Ein Flötenkonzert mit Mozart, perfekt gespielt. Die jungen Leute zeigten sich unbeschwert und froh. Ich ließ mich verzaubern von der Musik, den schönen Giebeln, den bunten Pflastersteinen, dem Lichtspiel der Sonne und von den Menschen. Viele waren gelassen und heiter. Einige junge Mädchen trugen duftige Sommerkleider. Ich beobachte fröhliche Kinder und forsche Radfahrer.

Die Bächlein am Bordsteinrand plätscherten wie eh und je, genauso wie einige Jahre zuvor bei meinem ersten Besuch in Freiburg während des Zweiten Weltkrieges. Doch heute liefen Kinder barfuß und steckten die Füße ins Wasser. Jugendgruppen palaverten in Englisch. Das gab Freiburg einen internationalen Flair. Der Markt quoll über mit Menschen. Gerne hätte ich dieses Menschen-Gewimmel in einem Gemälde festgehalten, aber ich bin kein Maler wie Pieter van Breughel. Ich aß im Vorübergehen eine Wurst, eine Waffel und ein Eis. Die Bächlein hörten nicht auf zu plätschern. Eine Gruppe von Männern ging lachend durch die Gassen von Freiburg. Ein Frauenchor sang. Wie kommt es nur, dass die Stadt Freiburg nach dem überstandenen Krieg so lebensfroh und fröhlich ist?

Gerechtigkeit

Der biblische Richterspruch des Alten Testaments „Auge um Auge, Zahn um Zahn" (Ex = 2. Mose 21,24) diente der Einschränkung der persönlichen Rache und sorgte für eine ausgleichende Gerechtigkeit. Die Angst vor der Verurteilung durch den Richter sollte von der bösen Tat abhalten.

Die Angst ist ein Urbefinden des Menschen. Wo ein teuflisches System sich der Angst bemächtigt, tritt eine furchtbare Kettenreaktion ein. Wenn hier gesühnt werden soll, muss man das System verurteilen und das ist unpersönlich. Wer hier gerecht urteilen - nicht verurteilen - will, muss an die Verblendung der Weltanschauungen und ihre geistigen Väter denken. Sonst ist er ein Pharisäer.

Stellt sich jeder Richter die Frage: Wie hättest Du in dieser Situation gehandelt? Sind viele nicht nur deswegen nicht betroffen, weil sie sich geduckt hatten und der Konfrontation entgangen sind?

Eine Weltanschauung ist abhängig vom Standpunkt (hoch oder niedrig) und vom Denkvermögen. Das bildet den Horizont. Es gibt Verblendete, die den Irrlehrern ehrlich geglaubt haben. Können wir sie verurteilen, wenn sie nun gelernt haben umzudenken? Gibt es ehrliche

Wendehälse? Sind sie mit ihrem ganzen Besitz zu einer Wiedergutmachung bereit?

Eine letzte Gerechtigkeit gibt es nicht auf dieser Welt. Nur im göttlichen Bereich; denn Gott ist gerecht.

Es gilt, nur die wirklich Boshaften zu bestrafen. Wer inhuman war, wer Menschen gequält hat, wer zerstörte, der soll seine Sühnestrafe haben, um Zeit zum Umdenken zu haben. Wenn man die Bösen nicht bessern kann, muss man die Gesellschaft vor ihnen schützen. Mit lebenslanger Haft? Mit Arbeitslagern? Die Versuche sind alt und haben sich meist nicht bewährt. Immer wieder geht es „Auge um Auge", um das Racheprinzip, d.h. Vergeltung des Bösen mit Bösem.

„Liebet Eure Feinde" ist der christliche Weg zur Gerechtigkeit. Er ist frei von Rachegefühlen. Nur der Feind begreift es selten. Er hält es für Dummheit. Aber ist diese christliche Dummheit nicht besser als blutige Rache? Wir begreifen die Dummheit der Kriege. Die Feindesliebe zu erwerben ist meist zu mühsam und scheitert am Egoismus.

Gläubig oder ungläubig?

Der Glaube erfasst etwas, das über den Verstand hinaus geht. Man sollte bis an die Grenze des Denkens gehen – und dann glauben. Es geht um die Wahrheit. Damit ist nicht gesagt, dass wahr ist, was man für die Wahrheit hält. Der Glaube hat viele Schattierungen, von lau bis fanatisch. Fanatismus ist ein Übel. Wir finden ihn bei schreienden und tobenden Massen. Der Verstand ist dann im Eimer. Das Bessere ist Toleranz. Sie räumt ein, dass Irrtum möglich ist und der andere auch recht haben könnte. Recht haben ist zu sehr gefühlsbetont.

Die Gläubigen glauben, dass sie den rechten Glauben haben. Die Basis des rechten Glaubens für Christen ist die Bibel. Wenn man diese kritisch hinterfragt, wird man als erstes hören, dass man sich schämen sollte, so etwas zu tun. Man erntet Verachtung. Mit einem solch ungläubigen Menschen spricht man nicht. Man ist bereits abgeurteilt und die Hölle ist dem Zweifler, Ketzer und Infragesteller sicher.

Diese Form der Intoleranz ist die erste Stufe. Wenn man aber bereits im Gefängnis landet, weil man nicht die gleiche Weltanschauung hat, ist das schon schlimmer. Noch schlimmer ist es aber, wenn irgendein Fanatiker brüllt: „Das ist ein Ungläubiger!" (Niemand überprüft es.) Und eine fanatische Horde stürzt sich auf ihn, raubt ihn aus und bringt ihn um. Diese Mörder haben vielleicht guten Glaubens gehandelt und halten sich für wertvolle Menschen. Was wundert's, dass sich die meisten Menschen nicht ins Herz schauen lassen und über ihren Glauben schweigen!

Ich habe in der letzten Zeit ab und zu mal gefragt: „Glauben Sie, dass mit dem Tode alles aus ist?" Eine ganze Reihe von Menschen hat mit „Ja" geantwortet. Trotzdem leben diese oft nach den Regeln des Christentums.

Die Religionsgemeinschaften verkünden ihre Lehren mit großer Sicherheit. Leider oft mit Fanatismus. Primitive Menschen glauben wie Kinder. Der Himmel ist oben. Gott ist irgendwo, aber er existiert.

Gran Canaria für Kenner

Die Touristenindustrie der Insel hat das Pech, dass man ihren Flughafen in eine wenig anmutige Landschaft gebaut hat. Flugplätze sind zwar meist ähnlich und nicht von besonderem landschaftlichem Reiz. Das Landschaftsbild auf der Fahrt zum Hotel versöhnt dagegen meist, nicht aber auf Gran Canaria. Die profitgesteuerten Bausünden der letzten 15 Jahre verschlimmern den Eindruck noch.

Ich bin jetzt zum 10. Mal auf der Insel. Viele sind schon viel öfter hergeflogen. Zahlreich sind die Alterssitze und Ferienwohnungen auf Gran Canaria. Viele Menschen haben hier Wurzeln geschlagen. Die Dünen von Maspalomas sind einmalig und viel besungen.

Die Westküste, das Innere der Insel, das Meer und die Bewohner bleiben freilich dem vorenthalten, der nur am Strand an der Sonne liegen will. Auch der kommt auf seine Kosten; denn es gibt hier Spitzenhotelerie sowohl für die Reichsten und beste Versorgung in allen Abstufungen bis hinunter für diejenigen mit kleinerem Geldbeutel. Gran Canaria ist in allen Gesellschaftsschichten so beliebt, dass oft am Ende des Aufenthalts noch vor der Abreise gleich wieder der nächste Urlaub gebucht wird.

Ich wär' so gern auf einer Insel

Ich wär' so gern auf einer Insel, wo mich die Sonne wärmt und ich nur die Füße ins Wasser zu halten brauche. Satt sein, müde sein, schlafen können. Der Wanderung der Wolken zuschauen. Bis die Sonne untergeht und ich ihre Pracht bewundern kann. Und wieder Kraft zu spüren in Armen und Beinen. Wieder wandern können. Stundenlang. Rasten. Kühler Trunk bei der Einkehr. Und denken und sagen zu können: Die Welt ist schön.
Mal schmerzlos sein. Nicht erst nach dem Tode. Sich wieder freuen. Wind spüren. Nass werden. Müde sein!

Krankenhausaufenthalt

Seit gestern bin ich wieder im Krankenhaus. Nicht als dringender Fall, sondern nur zur Untersuchung. Herzkatheter! Ich habe es schon zweimal mitgemacht. Trotzdem denkt man, dass diese Untersuchung nicht risikolos ist, mit 1 : 1000 Todesfällen.

Ich will wissen, ob nach meinem Infarkt eine Bypass-Operation sinnvoll ist. Die Leistungs- schwäche gefällt mir nicht. Natürlich kann es auch am Alter liegen.

Früher dachte ich immer: Das Sterben liegt noch weit. Heute meine ich, dass es oft verflixt nahe sein kann.

Das Krankenhaus habe ich oft als Refugium, als eine Einkehrzelle erlebt und daher diese Zeit nicht als unnütz empfunden. Ich hatte auch immer ein Einzelzimmer. Ich finde Mehrbettzimmer oder gar Krankensäle wie früher grausam. Man kann nicht einmal seine Blähungen lustvoll von sich geben.

Man muss zuhören, wenn der Bettnachbar eine Rede hält. Zuhören habe ich zwar gelernt, aber es strengt mich – trotz Hörgerät – mit zunehmender Schwer- hörigkeit an.

Der Betrieb hier ist schlecht geplant. Vor 6 Wochen hatte ich mich angemeldet. Durch einen Notfall wurde mein Zimmer vergeben. Man hätte mich anrufen können. Ich habe ja keine Eile. Außerdem macht man nicht voran. Als ich gestern einen Spaziergang machen wollte, sagte man mir, ich sollte bleiben, weil man röntgen und ein EKG machen wollte. Es geschah nichts. Ein vertaner Nachmittag! Auch der Abend war vertan. Zu Hause hätte ich arbeiten können.

Die Katheteruntersuchung hätte heute Morgen sein sollen – aber es kam dem Krankenhauspersonal irgendwie nicht aus. Meine Dispositionen kommen somit total durcheinander. Das überlegt hier aber niemand. Kann man nicht vernünftig planen?

Gleich Herzkatheter. Ob ich nervös bin? Natürlich etwas. Aber ich habe ja Autogenes Training (AT) gelernt. Also warum nicht anwenden? Jedenfalls weiß ich nachher, ob eine Operation sinnvoll ist oder nicht.

Leben im Angesicht des Todes
Tagebuch-Einträge vom 14.01.1984- 22.04.1984

Tagebucheintrag vom 14.01.1984:

Der Tod ist uns so gewiss wie nichts anderes. So müssten wir eigentlich deprimiert herumlaufen wie die Deliquenten, die man zum Tode verurteilt hat. Mich wundert's, dass ich fröhlich bin. Na ja, in der Jugend glaubte ich den Tod in unendlicher Ferne. Später glaubte ich, er sei noch weit weg. Inzwischen bin ich 64 Jahre alt geworden und ich meine, er müsste näher rücken oder gar nahe sein. Wie nahe, weiß ich nicht. [Vgl. Augustinus: mors certa, omnia incerta = Der Tod ist gewiss, alles andere ungewiss.]

Für den Durchschnittsmenschen ist es ein Tabu, über Tod oder Sterben zu reden. Selbst bei Todkranken redet man oft um den heißen Brei herum. Man hofft, der Tod komme nicht heute, nicht morgen und auch nicht schon übermorgen.

Ich frage mich: Werde ich bewusst meine letzten Dinge erleben? Werde ich bewusst wahrnehmen, wie ich meine endgültig letzte Zigarre rauche? Werde ich mir bewusst sein, wenn ich mein letztes Glas trinke? Weiß ich, wann ich den letzten Sonnenaufgang oder Untergang erleben werde?

Werde ich meinen letzten Atemzug noch spüren? Werde ich den Vorgang wahrnehmen: Aha, jetzt steht das Herz still! - Werde ich meine Lieben weinen hören?

Nach meiner christlichen Überzeugung ist der Tod das Tor zum größeren Leben. Ich habe dies oft zum Trost für andere gesagt und versucht, es begreiflich zu machen. Es ist eine gewisse Neugier in mir, zu erfahren, wie es ist zu sterben. Ich möchte wissen, ob man die Erfahrungen der Zurückgeholten bestätigen kann, die klinisch tot waren, dann aber reanimiert wurden und von wunderbaren Erfahrungen in der Nähe des Todes, angesichts des bevorstehenden Sterbens berichteten. Nach kurzer Dunkelheit sahen sie Licht, hörten herrliche Musik. Ist angesichts solcher Erfahrungen diese grandiose Erde mit ihren Wundern der Schöpfung nur ein Jammertal? Gibt es nach dem Leben hier auf Erden ein noch größeres Glück?

Es gibt die christliche Lehre vom Jüngsten Gericht. Ich habe nie Punkte gesammelt. Aber ich glaube an Gerechtigkeit. Der Tod scheint mir wie eine Reise. Wie kann ich mich vorbereiten? Koffer und Taschen braucht man zum Sterben nicht. Soll ich mich deswegen jetzt schon von allem Besitz trennen (So leben wie der hl Paulus, der meint: Leben als besäße ich nichts)? Soll ich alles verschenken, damit die Narren lachen und die Erben keinen Streit bekommen? Naja, solche Gedanken denke ich schon seit vielen Jahren. Mal sehen, wie ich meinen <Rest benage>!

Am 05.02.84: Wir sind nur Blätter im Wind. Vor mir hat die Eiche ihre verdorrten Blätter noch vom letzten Vorjahr. Es wird bald Frühling werden. Die alten Blätter sind abgefallen und neue, frische werden kommen. Vermutlich werde ich das noch erleben. Sicher ist das nicht! Wir sind Blätter im Wind. Kommt ein Unfall, eine schwere Krankheit, werden wir weggetragen. Es kann auch sein, wir vermodern irgendwo. Was heißt wir? Ich!

Und doch ruhen wir in Gottes Hand. Wie auch das Blatt, das der Wind mir vor die Füße weht. Auch wenn die Blätter vermodern und zu Dünger werden, uns Menschen steht doch ein neues ewiges Leben bevor.

Gott hat kein Telefon. Aber ich kann ihn anrufen. Hört er mich? Ich hoffe es. Aber er antwortet nicht so deutlich, wie ich es gerne hören würde. Er hat keinen Mund zum Sprechen so wie ich. Er spricht nicht akustisch hörbare Worte. Vielleicht gebraucht er eine andere Sprache als die, in der sich Menschen gewöhnlich unterhalten. So muss ich Seine Sprache lernen: Ich verstehe das große Staunen vor Seiner Schöpfung. Das ist Gottes Sprache für uns: Seine Schöpfung. Er ist die Ordnung und das Gesetz. Nur der Mensch, der sich zum Götzen erdreistet, bringt die Welt durcheinander.

15.04.84: "Behalten Sie Ihren Humor!" steht vorne in diesem Buch. Sicher will ich das, obgleich mir das Lachen vergangen ist, seit mir die Diagnose Darmkrebs mitgeteilt wurde. Ich habe aber bereits mit einer Therapie angefangen und bin nicht ohne Hoffnung, obgleich sich der Kampf gegen den Krebs schon viele hundert Male verloren habe. Zuerst stirbt man in Gedanken bereits nach einigen Wochen. Alles, was einem begegnet, wird wie eine Gnadenfrist angesehen. Die Zeitbombe tickt. Aber eigentlich tickt die Zeitbombe immer, denn auch unsere gesunden Tage sind gezählt. Aber die Möglichkeit einer Operation, eines Anus praeter, die Übelkeit und der Schmerz sind furchtbar. Luft anhalten, abwarten und weiter leben wie bisher?!

22.04.84: Viel Hoffnung habe ich nicht trotz der neuen Therapie mit Carnivora. Es hat schon so viele neue Therapien gegeben. Vom Bamfolin spricht niemand mehr. Immer war es ein Auf und Ab bei den Patienten. Die Stufen führten meist nach unten. Was soll ich mir wünschen? Einen milden Tod? Den wünschen sich viele. Ich will noch im letzten Atemzug lächeln. Alle sind ja gestorben. Ja alle Toten.

Dies erinnert mich an Spitzweg:

"Oft denk ich an den Tod, den herben,
und wie's am End ich's ausmach'.
Nachts im Bette möcht' ich sterben,
und tot sein, wenn ich aufwach`."

Ich könnte jetzt auch einen Bericht niederschreiben über meine Gefühle und Erlebnisse. Vielleicht unter dem Titel: "Das letzte Kapitel" oder "Der fröhliche Krebspatient". Alles gut und schön. Ich will also einfach einmal niederschreiben, wie es ablief. Zur Vorsicht ließ ich im Labor seit Dezember die "Tumormarker" bestimmen. PAP war erhöht. Die Blase hat nicht mehr den rechten Druck (keine Besonderheit mit 65 Jahren, also PAP und Blase: Prostatakontrolle vor 6 Wochen. Rectal untersucht. Kein pathologischer Befund. Nieren u. Blase! Ohne Befund. Auch über den Verdacht eines Tumors im Rectum nichts.

Lichttherapie

Die Wirkung des Lichtes auf Pflanzen hat sicher schon jeder beobachtet. Ohne Licht verkümmern sie und sind nicht mehr zur sogenannten Photosynthese fähig. Dass auch der Mensch bei Lichtmangel verkümmert, ist weniger bekannt. In Mitteleuropa beobachtet man bei etwa 10 - 15 % der Bevölkerung winterliche depressionsähnliche Zustände. Bei Frauen mehr als bei Männern.

Diejenigen, die keine Morgenmenschen sind, werden "Morgenmuffel" genannt. Sie fühlen sich matt und haben ein großes Schlafbedürfnis, oft auch Konzentrationsschwäche. Ein Heißhunger auf Süßigkeiten kann hinzukommen. Dies ist eine Ausgleichsreaktion des Körpers. Denn das Gehirn braucht Zucker, den es nur sehr kurze Zeit entbehren kann. Dies wird vom Serotonin, einem sog. beruhigenden Neurotransmitter gesteuert.

Als eigentliche Ursache wird diese Lichtmangelerscheinung auf eine im Blut gefundene Substanz, das Melatonin zurückgeführt. Licht senkt den erhöhten Melatoninspiegel. Man hat mit starken Lampen von 2000 bis 2500 Watt (Elektrische Glühbirnen haben etwa 40 bis maximal 500 Watt) eine erfolgreiche Behandlung durchgeführt. Die Wirkung trat nach 3 - 7 Tagen ein.

Das Gleiche beobachten wir unter der Kanarischen Sonne in noch besserem Maße. Denn beim Kunstlicht fehlt der Dämmerungseffekt, der auch durch einen Dimmer nicht gleichwertig imitiert werden konnte. Farbe und Licht spielen in der Therapie in zunehmendem Maße eine Rolle. So etwas hat man früher nicht gewusst, nicht berücksichtigt und kaum beachtet. Hohe Lichteinheiten sind für die Therapie Depressiver wichtiger als viele meinen.

Natürlich besteht hier der Erfolg in der richtigen Dosierung. Der Umgang mit der Sonne muss maßvoll erfolgen. Auch hier liegt - wie bei vielen anderen Dingen des Lebens - das Ideal in der maßvollen Mitte.

Medizin heute

Wenn in 100 oder 500 Jahren unsere Kollegen feststellen, wie wir heute Medizin betreiben, werden sie vermutlich milde lächeln. Wir wissen, dass Galenos, Paracelsus, Hippokrates, Hufeland in ihrer Zeit große Ärzte waren. Sie konnten zuweilen heilen, aber Wunder wirken konnten sie nicht.

Ihre Methoden wenden wir heute nicht mehr an. Wir haben Techniken, mit denen vieles machbar ist. Dies lässt bei manchen Kollegen das Gefühl aufkommen, dass in absehbarer Zeit alles machbar ist. Das ist aber ein gewaltiger Irrtum! Alles Wissen - nicht nur das der Medizin - ist Bodensatz. Unser Wissen ist winzig, das Nicht-Gewusste endlos groß. Den Forscher freut der Vorstoß in neue, unerforschte Wissensgebiete, in Nicht-Gewusstes, Ungewusstes, ins Ungewisse. Sein Unwissen bedeutet ihm wenig. Aber dem Arzt tut es auf Schritt und Tritt weh. Überall sieht er schmerzliche Grenzen und viel Unerklärbares. Trost ist hier, dass der Arzt behandelt, aber die Natur heilt. Er ist nur eine Art "Weichensteller". Beim Menschen, dem unbekannten Wesen, versucht der Arzt (weniger der Mediziner) das Ungewusste mit ins Kalkül zu bringen. Hier sieht er sich oft mit vielfachen pseudowissenschaftlichen Produkten konfrontiert.

So muss er zunächst einmal klären, was Wissenschaft eigentlich ist. Wird Wissen nur von den Lehrstühlen der Universitäten vermittelt? Ist Wissenschaft nur das Wäg- und Messbare? Das gilt nicht einmal für Chemie und Physik, zu schweigen von den Geisteswissenschaften, Philosophie, Theologie, Linguistik, Literaturwissenschaften usw. Naturwissenschaftlich anerkannt ist nur, was durch Doppelblindversuch und Labor bewiesen wird. Was erfasst der Doppelblindversuch? Er erfasst 2 oder 3 oder auch mehr Parameter. Aber alles pathologische Geschehen ist ein multifaktorielles Geschehen. Bei Krebs nimmt man 600 (andere sagen über 1000) Einzelfaktoren an. Beim Herzinfarkt werden es nicht viel weniger sein. Der Praktiker abstrahiert und handelt. Das ist für die Praxis sichtlich richtig und erfolgreich. Ob es immer stimmt, wird auf Kongressen diskutiert.

Das Energieproblem wird viel zu selten beachtet. Das Problem des Sauerstoffangebotes und der O2-Utilisation werden nur am Rande diskutiert. Im Zentrum des Blickfeldes stehen teure, nicht nebenwirkungsfreie Medikamente, komplizierte apparative Diagnostik und grandiose Operationsverfahren bei den Stars der Chirurgie.

Die Denkkeime ehrenwerter Sucher werden von den Medizinpäpsten niedergebrüllt. Nach 20

Jahren verkaufen sie dann deren Gedanken als ihre eigenen. Schopenhauer hat es etwa so formuliert: Wenn eine Methode neu ist, wird sie belächelt. Wenn sie sich behauptet, wird sie bekämpft. Und wenn sie bleibt, kommt der Vorwurf: Warum man das nicht schon vor 20 Jahren so gemacht habe.

Das akademische "Zucht- und Trustbüchlein" meint, wissenschaftliche Irrtümer brauchen 3 Generationen, um auszusterben. Unsere heutige Zeit ist etwas schneller. Mein Wissen aus dem Staatexamen [von 1946] ist bereits zu 2/3 überholt. Das gesamte Wissen der Medizin ist nicht mehr überschaubar. Man kann sich nur noch Rosinen heraus angeln. Wenn man Glück hat - und das ist für den intuitiv begabten Arzt wichtig - sind es die richtigen.

Perestroika in der Kirche?

Die kommunistischen Systeme im Osten gestehen allmählich ihre Irrtümer und Fehler ein. Wenigstens soweit sie diese selbst erkennen. Sind solche Erkenntnisse in der Kirche nicht möglich? Sicher schämt man sich der Inquisition. Aber man schweigt lieber darüber.

Wir – die Kirchensteuerzahler und Gottesdienstbesucher – sind in der Kirche aufgewachsen. Wir erlebten die Gemeinschaft der Gläubigen, die Liturgie und christliche Nächstenliebe. Hinterfragen durften wir die Glaubenswahrheiten jedoch nicht. Es war ja kein Unglück für uns, dass Gott im Himmel (über den Wolken) war. Als eines Tages ein Ketzer ein Buch geschrieben hatte mit dem Titel „In der Hölle brennt kein Feuer", eroberte er sich damit viele Sympathien bei den Gläubigen. An die lodernden Flammen hatte man sowieso nicht recht glauben können. Der Ketzer trat aus seinem Orden aus. Rom schwieg und damit hatte es sich.

Es hat zu allen Zeiten Ketzer gegeben, die die Glaubenswahrheiten auf ihren Inhalt kritisch prüften. Als die Kirche noch weltliche Macht hatte, wurden sie diffamiert, verfolgt oder sogar verbrannt.

Später reichte die Macht der Kirche nur noch bis zur Verachtung der sogenannten Ungläubigen.

Es war schön und gut, das Bild vom liebenden Vater und Schöpfergott im kindlichen Herzen zu tragen. Die Zweifel an der Unfehlbarkeit des Papstes waren früher noch etwas, was als ungeheuerliche Anmaßung gegenüber der Kirche empfunden wurde. Heute jedoch fällt es schwer, den liebenden Vater im Himmel zu verstehen, der seinen Sohn den Grausamkeiten einer ungerechten Justiz und eines nach Kreuzigung schreienden Pöbels überließ. Soll Jesus als Buße für unsere Sünden gekreuzigt worden sein? Wie funktioniert ein solches stellvertretendes Leiden?

Jesus hat von sich als Menschensohn gesprochen. Den Schöpfer nannte er Vater, so wie wir alle Kinder des himmlischen Vaters sind. Wann wurde er zum alleinigen Sohn Gottes gemacht, wo wir doch alle Kinder Gottes sind? Mir genügt die Lehre des weisen Rabbi Jesus: Liebe deinen Nächsten! Liebe deine Feinde! Übe keine Gewalt über andere! Lobe deinen Schöpfer!

Hat es die Kirche nötig, aus Christus einen Gott zu machen? Ich hörte einmal einen Pfarrer jammern:

„Wenn Christus nicht Gott ist, ist alles sinnlos!"
Wieso denn? Seine Lehre ist doch sinnvoll. Aber
man kann anscheinend nicht von der Macht über die
Seelen lassen. Was geht es die römische Kurie an,
wie die Bevölkerungspolitik und Familienplanung
auf dem sowieso überfüllten und längst
überbevölkerten Erdball zu gestalten ist? Ihre
Parole: „Wachset und mehret Euch!" ist durch eine
einseitige Interpretation von Genesis 1,28 zur
Begründung gegen Empfängnisverhütung und
Abtreibungspraxis missbraucht worden.

Wir haben heute nicht mehr das Gemüt von Kindern
oder das Weltbild von primitiven Naturvölkern.
Auferstehung! Himmelfahrt! Ewiges Leben! Dies
klang in der Kindheit eines naiven Glaubens
wunderschön und plausibel zu sein. Besonders wenn
man gute Beziehungen zu Maria und den Heiligen
pflegte, konnte man sich des Himmels und der
ewigen Glückseligkeit relativ gewiss sein.

Ich nehme an, dass die Heiligen, zumindest einige,
tolle Persönlichkeiten waren. Auch gegen Maria
habe ich nichts. Aber warum diese eigenartige Form
der Verehrung? Warum Reliquien?

Die Echtheit des Turiner Grabtuchs ist zwar wissenschaftlich noch umstritten, aber wenn es echt ist, dann hat der Gekreuzigte seine Kreuzigung überlebt. Die Menge des Blutes in diesem Grabtuch weist daraufhin, dass das Herz des Blutenden noch geschlagen hat, als er in das Tuch gelegt wurde. Die Theorie von der Auferstehung bekäme durch die These vom Überleben Jesu nach der Kreuzigung einen ganz anderen Sinn. Die Auferstehung wäre dann nur das Weiterleben eines Scheintoten gewesen und keine Auferweckung zu ewigem, unvergänglichem Leben.

Perestroika in der Kirche wäre keine Schande. Wie viel Gewissensnot und seelische Qual würde dahin schmelzen, wenn man von Rom her die Verkrampfungen löste und z.B. den Unsinn des Zölibats fallen ließe? Was wäre, wenn man die Frauen auch zum Priesteramt zulassen würde, um ernst zu machen mit der Gleichberechtigung von Männern und Frauen? Die Basis der Gläubigen fordert ihre Rechte. Auch im Klerus gärt es.
Kirche, wandle dich oder gehe zugrunde!

Pläne
für die letzten Jahre meines Lebens
Tagebucheintrag vom 17.01.1994

Im Sommer: Bodensee. Im Winter: Gran Canaria.

Ich habe ein Haus gesehen, das nicht im Luxusferiengebiet liegt. Wo alles geschniegelt und gestriegelt ist. Das Haus lag in Spanien. Damit meine ich: Dort war spanische Atmosphäre. Typisch spanische Häuser, geschmacklose Neubauten daneben. Und dann die Leute. Fröhlicher als bei uns.

Diese Nacht habe ich geträumt von diesem Haus. Groß, viel Platz. Ein Schreibtisch zum Träumen vor dem Fenster. Meeresblick bis zum Horizont. Und dann war da noch ein Hafen. Wenn man mich fragt, ob man sich in einen Hafen verlieben kann, so würde ich es sofort bestätigen. Es ist nur ein kleiner Hafen, ein Fischerhafen. Vieles sieht vergammelt und unordentlich aus. Aber wenn ich es malen könnte, fände ich 1000 Motive.

Alle fünf Minuten fliegt vom nahen Flugplatz ein dicker Brummer vorbei. Das würde viele stören. Aber ich habe nicht nur ein altes Seemannsherz, ich habe auch ein Pilotenherz.

Ich habe aber noch mehr geträumt. Es wuchs eine Beziehung zur Bevölkerung. Viele konnte ich behandeln. Aber ein Honorar dafür zu nehmen, war mir unangenehm.

Dann hatte ich davon geträumt, ein „Schlaraffenreych" zu gründen. Eines, wo wenigstens einmal im Monat die Burgfrauen voll berechtigt mitsippen könnten. Eine Revolution im Zeremoniale: Eintritt der Schlaraffinnen.

Es gibt also viel zu tun. Vielleicht ab und zu bei meinem alten Verein [gemeint ist das Wiedemann Parksanatorium von Meersbrug mit Filiale auf Gran Canaria] einige Mark dazu verdienen.

Damit könnte man die 10 letzten Jahre ausfüllen. Vielleicht sind es auch nur fünf. Aber wenn ich an Onkel Kurt denke, der genauso schief flötete wie ich, könnten es sogar noch mehr sein.

Politik

„Politik kommt von Polis (Stadt). Nachbarstädte haben stets kleine „Knäbbeleien", die Anlass zu Karnevalsreden geben. Früher zog man mit Blech und Eisen los. Man schloss die Stadttore und warf (so in Andernach) mit Bienenkörben nach dem Feind. Den Feind konnte man nicht leiden. Dabei kannte man ihn gar nicht. Das hat sich seitdem wenig geändert. Der mulmigste Krieg ist zur Zeit zwischen Iran und Irak. Das liegt vielleicht daran, weil es Nachbarn sind.

In der kleinen Politik entsteht der Streit oft unter Nachbarn, manchmal um blöde Kleinigkeiten. In der großen Politik ist das nicht anders. Nach jedem Krieg wird die Frage diskutiert, ob es sich überhaupt gelohnt habe. Oft weiß keiner mehr recht, um was es eigentlich ging. Aber: Man konnte sich einfach nicht alles gefallen lassen! Es gibt ja wirklich so Fieslinge, die müssen eins drauf kriegen, eher geben sie keine Ruhe. Das war schon in der Schule so. In der großen Politik hat das nur andere Dimensionen. Ich weiß nicht genau, was die Friedensforscher hier bis jetzt heraus gekriegt haben. Den Friedensforschern stehen die Kommissköpfe gegenüber; die spielen mit Regimentern im Sandkasten oder in freiem Gelände eine Art Schach.

Wenn noch mal irgendwo Krieg sein sollte, wäre es gut, wenn keiner hinging. [Vgl. B. Brecht: Stell dir vor, es ist Krieg, und keiner geht hin!] Diejenigen, die hin kommandiert werden, haben sowieso mit der Sache meist wenig zu tun. Nur weil der „Feind" anders aussieht, anders spricht, eine andere Uniform trägt, ist er doch noch kein Feind. Man könnte gut mit ihm ein Bier trinken oder Karten spielen.

Kriegsspiele und Feindbilder sind wirklich hirnrissige Vorstellungen. Aber die "Nussknacker-Generäle" haben das so gelernt und können nicht anders, wenn die sogenannten großen Politiker die Zündschnur in Brand setzen, wenn sie nicht mehr weiter wissen. Die großen Politiker unterscheiden sich von den Kleinen übrigens nur sehr wenig. Auch sie gehen morgens meist erst ins Badezimmer ... und wenn sie Zahnschmerzen haben, ist der stolzeste Krieg nicht mehr so wichtig. Aber die Dummen werden nicht alle. Die Frechen und Machthungrigen auch nicht. Zu einer Prügelei unter sich, sind sie kaum zu überreden. Au wei, au wei! Es gibt so viel Munition, wie leicht kann sie losgehen, wenn nur irgend so ein „Knallkopp" nicht aufpasst. Schwerter zu Pflugscharen! Bitte, pflügt Erde um, bewässert sie, legt Gärten an! Dies würden die Arbeitslosenzahlen sinken lassen und vielen Besuchern der Gärten und Parks Freude schenken.

Schöne Welt

Heute ist der 20. Februar, ein Datum, das von der winterlichen Jahreszeit her für den Wintersport geeignet wäre. Aber heute ist ein Frühlingstag mit unwahrscheinlich viel Sonne und herrlicher Fernsicht. 28 Grad Celsius im Schatten und Sonne am blauen Himmel. Es heißt, diese Wetterkapriolen kämen wegen des Ozonlochs. Das sei auch der Grund, dass die Virusinfekte 8 - 12 Wochen dauern und einige Leute daran sterben.

Oft werde ich gefragt, wo ich wohne. In Tüfingen [in Salem am Bodensee, im Ortsteil Tüfingen] natürlich. Aha, alte Universitätsstadt! Nein, nicht Tübingen mit b, sondern Tüfingen mit f; in der Nähe des Affenbergs mit Berberaffen im umzäunten Gehege, und nur 2-3 km entfernt von der alten Klosterschule Salem. Hier herrscht ein dörflicher Charakter mit viel Landwirtschaft und Viehzucht. Ungeachtet der vielen Misthaufen in der Nähe hat man eine phantastische Aussicht auf den Bodensee und auf die Alpen. Viele schauen schon gar nicht mehr hin, weil der Blick auf die Alpen ihnen alltäglich erscheint. Aber bei Föhn und klarer Sicht ist das Alpenpanorama überwältigend. Man müsste malen können wie Pintor, Michelangelo, Pieter Breughel oder Donatello. Eine unwahr-

scheinlich goldene Sonne! Ein See im reinsten
Silber! Die Ackerschollen und der Wald rochen nach
Frühling. Autos passen eigentlich nicht in diese
Landschaft. Vom Sturm in den vergangenen Tagen
gab es noch überall geknickte Bäume mit Schäden in
Millionenhöhe. Ob das auch vom Ozonloch her
kommt? [Oder eher aus heutiger meteorologischer
Sicht vom Klimawandel?] So viel landschaftliche
Schönheit wie hier am Bodensee gibt es auf dieser
Welt selten. Die meisten Menschen wohnen viel
schlechter. Da erfüllt es einen mit Freude, innerem
Jubel und Glück, dass wir in einer so herrlichen
Landschaft in der Nähe von Überlingen am
Bodensee leben dürfen.

Stufen des Glücks

Alle Menschen wollen und sollen glücklich sein. Aus dem Unbewussten der Seele entspringt dieser Wunsch. Wenn wir uns in dieser Welt umschauen, ist oft wenig Glück, ja wir müssen vom fehlenden Glück, vom Unglück reden. Also wäre die primitivste Stufe des Glücks, kein Unglück zu haben, d.h. keinen körperlichen Schmerz und keinen seelischen Kummer. Also keinen Hunger, keine Krankheit, keine Schwäche.

Die zweite Stufe wäre die Freude für den Augenblick. Es gibt eine Unzahl kleiner Freuden. Das Lächeln des Partners und manch fröhlicher Gruß am Morgen. Das Frühstück, der Glockenton in der Nähe und in der Ferne, Vogegzwitscher, das Öffnen der Blüte hervorgerufen durch das Sonnenlicht. Aber auch die Sättigung der trockenen Erde mit Wasser durch Regen oder Wasser-Quellen für Pflanzen, Tiere und Menschen in den Oasen der Wüsten.

Die dritte, größere Stufe des Glücks wird einem zuteil durch ganzheitliche Erlebnisse, die über den bloßen Augenblick hinausweisen: Der Sonnenaufgang, das Mond-Licht, das Funkeln der Sterne, der

Tanz der Flammen im Feuer, das Rauschen von Wasser – am Strand, am Bach, am Fluss. Das Kielwasser eines Bootes, das Flattern einer Fahne im Wind. Diese Eindrücke, obwohl zeitlich begrenzt, vermitteln ein Gefühl von Zeitlosigkeit, von etwas, das schon lange Zeit existiert und schier endlos anhalten wird. In diesen Momenten verspüren wir den Hauch von Ewigkeit.

Eine weitere Stufe des Glücks ist das Gefühl der Freiheit. Im Letzten ist dies das Gefühl, keine Bremsungen und Hemmungen von außen zu haben. Ich kann tun und lassen, was ich will. Wir wandern, wir reisen, wir fliegen. Symbol für die Befreiung von Erdenschwere ist der Vogelflug.

Die höchste Stufe des Glücks – es mag davor noch zahlreiche Zwischenstufen geben, z.B. Freude am Eigentum, Geborgenheit in der Familie, Kontemplation, Schlaf, Gebet – ist die Liebe. Das heißt: Bedingungslose Zuneigung zur Schöpfung, zur Natur, zu einem Menschen, zu Gott. Diese Zuneigung kann sich ekstatisch erhöhen im Zustand höchster Erleuchtung und im Moment des Todes.

Teurer <u>Salat</u>

Man kann's auch billiger haben. Ein Tütchen Samen kostet 99 Pfennige, gerade unter einer DM.

Ein Salatpflänzchen kostet 30 Pfennige. Kein schlechtes Geschäft durch das Wachstum vom Samenkorn bis zur Pflanze in 5 cm Höhe. Oft muss man dafür Tag und Nacht die Schnecken fern halten.

Meine 10 Pflänzchen waren in einer einzigen Nacht von Schnecken verputzt worden, obwohl dies mein biologisch betreuter Salat werden sollte. Die Schnecken standen jedoch auf dem Standpunkt, dass es ihr Salat sei.

Da kann man nur wenig dagegen sagen und tun. Also kaufte ich mir für 3,-- DM neue Salatpflänzchen. Die waren jetzt sogar schon 6 cm hoch. Um mich vor weiteren Schneckenattacken zu schützen, stellte ich ihnen Bier hin. Das sollte sie abhalten. Dafür habe ich sogar gutes englisches Ale geopfert, weil es mir nicht so gut schmeckt wie bayrisches Bier. Tatsächlich, einige Schnecken sind im Bier ersoffen. Trotzdem hatte es drei Pflänzchen erwischt. Sieben Salatschößlinge standen jedoch noch. In der nächsten Nacht mussten zwei weitere Salatpflänzchen dran glauben. Schließlich opferte ich noch eine Flasche Pils und noch ein Exportbier. Das brachte mir 97 Schneckenleichen ein. Am Ende

hat mir aber Schneckenkorn die restlichen fünf
Salate gerettet.
Für einen einzigen Salatkopf habe ich mir meine
Gesamt-Kosten einmal genau ausgerechnet:

3 x Garten umgraben
à 16,-- Euro die Stunde: 48,00 DM
1 Karre Mist /Dünger / Erde: 20,00 DM
2 mal 10 Pflänzchen à 30 Pfennige: 6,00 DM
3 Flaschen Bier à 1,80 DM: 5,40 DM
2 mal Schneckenkorn à 4,89 DM: 9,78 DM

Gesamtausgaben: 89,18 DM
geteilt durch 5 Salatköpfe macht: 17,84 DM
==

Auf dem Markt kostete früher ein Salatkopf nur 10
Pfennige. Meine Frau sagte, so einen Preis gäbe es
heute längst nicht mehr. Hat es aber mal gegeben!

Über alle vor 1920 Geborenen

Nach einer unbekannten Vorlage gekürzt, verändert und überarbeitet

Wir wurden vor der Erfindung des Fernsehens, des Penizillins, der Schluckimpfung, der Tiefkühlkost und des Kunststoffes geboren und kannten Kontaktlinsen und die Pille noch nicht, als wir Kinder waren. Wir kauften Mehl und Zucker noch in Tüten beim Krämer und nicht abgepackt im Supermarkt. Wir waren schon da, bevor Kreditkarten, Telefax, Computer und Kugelschreiber zum täglichen Gebrauch zur Verfügung standen. Es gab noch keine Geschirrspüler, Wäschetrockner, Klimaanlagen, als wir geboren wurden. Und der Mensch war auch noch nicht auf dem Mond gelandet.

Wir haben erst geheiratet und dann zusammengelebt. Und mit jemandem gehen, hieß fast, verlobt zu sein. Wir dachten nicht daran, dass der Wiener Wald etwas mit Brathähnchen zu tun haben könnte. Arbeitslosigkeit war eine Bedrohung und noch kein Versicherungsfall.

Wir waren da, bevor es den Hausmann, die Emanzipation, Pampers, Aussteiger und computergesteuerte Heiratsvermittlung gab. Zu unserer

Jugendzeit gab es noch keine Gruppentherapie, Weight-Watchers, Sonnenstudios, das Kindererziehungsjahr für Väter und Zweitwagen. Wir haben damals keine Musik vom Tonband oder die New Yorker Symphoniker via Satellit gehört. Es gab auch keine künstlichen Herzen und Gelenke, lebende Organe von „Hirntoten" und die künstliche Verlängerung individuellen Lebens auf Intensivstationen.

Wir liefen schon auf der Straße herum, als man noch für fünf Pfennige ein Eis, einen Beutel Studentenfutter oder vier Brötchen für einen Groschen kaufen konnte. Wir konnten für zehn Pfennige mit der Straßenbahn von einem Ende der Stadt bis zum anderen fahren. Wir sind die letzte Generation, die so dumm war zu glauben, dass eine Frau einen Mann heiraten muss, um ein Baby zu bekommen. Wir mussten mit dem Geld auskommen, was wir hatten.

So haben wir mehr erlebt, als die meisten Generationen in der Menschheitsgeschichte vor uns. Aber wir können der jetzt lebenden jüngeren Generation in vielem nicht mehr folgen. Ist es da ein Wunder, wenn wir manchmal ein bisschen "konfus" erscheinen?

Üb immer Treu und Redlichkeit

Das war ein Text zu einem Lied, das wir einmal in der Schule gelernt haben. Viele kennen vielleicht noch die Melodie. Sie ist vielerorts von Glockenspielen zu hören.

Ich könnte mich jetzt mit den Begriffen Wahrheit und Lüge oder gar mit dem Bösen schlechthin auseinandersetzen. Aber das existiert bereits millionenfach in der Weltliteratur. Heute will ich mich mit dem kleinen Betrug, dem sogenannten „Beschiss" auf Preisschildern bei Handwerkern beschäftigen.

Fangen wir mit den Handwerkern an. Den ehrlichen Handwerker gibt es noch. Ich habe keine Statistik darüber, ob es sich um eine Mehrheit oder eine Minderheit handelt. Nehmen wir eine zur Zeit wachsende Minderheit unter die Lupe. Man braucht die Handwerker und kann ja nicht alles im „Do it yourself"-Verfahren basteln. Der Familienrat kennt den Seufzer: Was da wieder auf uns zukommt!

Manche Rechnungen sind regelrechte Zahlenakrobatiken, z. B. Stundenlöhne. Irgendwo müssten sie behördlich festgelegt sein, aber wo? Die

---

Handwerker haben seltsame Uhren und auch gummigedrehte Zollstöcke. „Vorher genau absprechen" riet mir mein Nachbar. Also fixierter Festpreis! Dann wird zwar schneller gearbeitet, aber oft Murks geliefert. Stundenlohn: 64,-- DM; 69,-- DM; 75,-- DM oder sonst eine Zahl je nach Ausbildung. Hemmungslos auch weit über 100,-- DM gesteigert.

14 Arbeitsstunden stehen auf der Rechnung. Hat einer tatsächlich 14 Stunden am Tag gearbeitet? Ach so, es waren vier Arbeiter. Ich habe zwar nur 2 gesehen; sie frühstückten lang und ausgiebig, erzählten und gingen zwischendurch einkaufen. So kommen 14 Stunden schnell zusammen. Nur, das sind zwar Zeit-, aber keine Arbeitsstunden. Aber sie stehen auf der Rechnung. Ob alle Ersatzteile, die in meinem Fahrzeug sein sollen, auch wirklich drin sind, ist nicht zu kontrollieren. Dazu kommt ein Posten für Kleinmaterial. Da der Betrag meist unter 10,-- DM liegt, lohnt keine Nachfrage.

Die Rechnung macht sowieso entweder eine Schreibkraft oder ein Computer. Der wird mit aufgerundeten Einzeldaten gefüttert. Da rührt sich meist kein Gewissen, weil die Aufrundungen ja kleine Beträge sind. Außerdem ist der Kunde ja kein armer Mann. Bei Preisschildern merkt man die Verkaufspsychologie. Runde, glatte Summen sind verdächtig. Nur selten entspricht der Verkaufspreis dem Verkaufswert.

Ein kleines Beispiel: Kinder spielen gern mit Seifenblasen. Oma kauft den Enkeln die bunten Blechröhrchen mit Inhalt. Preis: 4,80 DM. Ab und zu verlangt man nur 2,-- DM. Versuch einer Herstellerkostenanalyse. Blechröhrchen als Massenartikel höchstens 0,05 DM (meinetwegen auch 0,10 DM); Korken: bestimmt nicht teurer. Kleine Öse zum Durchblasen: bestimmt nicht teurer. Dann noch der flüssige Inhalt. Wir nahmen früher Seifenlauge. Jetzt ist es eine komplizierte Flüssigkeit, bei der viel Forschungsarbeit bezahlt werden muss. Meines Erachtens kann das aber auch mit 0,50 DM (höchstens) bezahlt werden. So bleibt man immer noch unter 1,-- DM. Jetzt kommt Handel und Transport. Jede Zwischenstation schlägt eine beliebige Summe dazu, denn Pacht oder Miete für die Geschäfte oder Läden, in denen die Waren verkauft werden, müssen auch bezahlt werden.

Es ist erstaunlich, wie schamlos Behörden z.B. Standgelder von Schaustellern und Händlern fordern. Diese Summen übersteigen oft den Umsatz des Unternehmens, der z.B. durch Schlechtwetter sehr niedrig ist. Die Mehrwertsteuer und andere Steuern besorgen dann den Rest bis zur Pleite. Die Behörden stört das nicht.

Zurück zu den Preisschildern. Preisschilder sollen zum Kauf anreizen und dem Käufer suggerieren, dass er seinen Besitz verbessern kann. Gehen wir einmal von einem Grundwert von 5,-- DM aus. Der Handel soll und muss verdienen. Die Preisspanne kann 10%, aber auch 50%, sogar über 100% betragen. (Vgl. Expo 2000!) Bei einem Verkaufspreis von 9,-- DM hat der Händler 4,-- DM Verdienst. Damit könnte er zufrieden sein. Jetzt kommt das Geheimnis der kleinen Zahl. Warum sollte er nicht 9,50 DM statt 9,-- DM fordern? Der Käufer zahlt, weil 0,50 DM ihn nicht arm machen. Warum – wenn niemand moniert – sind 9,95 DM nicht auch möglich? Selbst vor 9,99 DM schreckt kein Verkäufer zurück. 9,-- DM und etwas mehr sieht ja immer noch gut aus.

Ich hatte einmal etwas von einer Preisüberwachungsbehörde gehört. Meine telefonische Anfrage lief darauf hinaus, dass niemand zuständig war. Als Trost erfuhr ich, dass ich ja nicht kaufen muss. Wir haben freie Marktwirtschaft. Ich muss also keine teuren Brötchen kaufen. Nur billige gibt es nicht. - So habe ich den Zeitgeist erfasst: Dienst am Mitmenschen – man vermeidet diesen Begriff und spricht von „Service" – ist rar.

Das Buch „Der Ehrliche ist der Dumme" hat niemandem Gewissensbisse verursacht. Denn: Wer ist schon dumm? Das neue Denken hat ein Basiswort: Profit. Daher drängen die lieben Mitbürger zur Börse. Mir kam dazu ein Reim in den Kugelschreiber:

Bei Profit hat man im Sinn:
Ich tu nicht viel und hab' Gewinn.

"Vater unser"

Ein Gebet - mein liebstes - tausende Male gebetet. Mit Inbrunst, in Not, in Dankbarkeit.

"Herr, lehre uns beten!" sagten die Jünger zu Jesus. Und dann sagte er: So sollt ihr beten: Vater unser (eigentlich Papa, Papi, Väterchen, Kosewort für Vater), der du bist im Himmel ...

So wäre es auch heute noch eine wunderbare Aufgabe für die Kirche, den Menschen das Beten beizubringen. Im Beten ist kein Platz für die Lieblosigkeit, das Böse, die Rache, die Vergeltung.

So will ich jeden Gedanken des "Vater unser" einzeln bedenken, vortragen, meditieren und selber beten!

Vater unser
Diese ersten Worte machen uns zu Kindern Gottes. Wir begeben uns in Seinen Schutz. Wir vertrauen Ihm. Wir wenden uns an den Schöpfer der Welt wie an unseren eigentlichen Vater. Das ist die Basis unseres Gottesglaubens. Wir verehren Gott als den Schöpfer unserer Existenz, als Urheber aller Dinge,

als Urgrund allen Seins. Er ist die erste Ursache für die materielle und geistige Welt. Wir glauben, dass er uns als Gott-Vater eine Person ist, für uns direkt ansprechbar bleibt und uns eine Seele gegeben hat, um Ihn zu spüren und uns nach Ihm zu sehnen.

[der du bist] im Himmel

Trotz aller Vertrautheit ist Gott als unser Vater nicht nur wie ein irdischer Vater, sondern er ist ein himmlischer Vater, ein besserer Vater als je ein irdischer Vater auf dieser Welt nur sein könnte!

Die Bezeichnung "im Himmel" ist weniger eine Ortsangabe, sondern eine Zustandsbeschreibung absoluter Vollendung, ewigen Glücks und Heils. Gott ist nicht ein irdisches Wesen mit Stimme und physischer Begrenzung, sondern ein göttliches, unendliches, himmlisches Wesen. Den Himmel, den wir meinen, ist nicht zu verwechseln mit der Atmosphäre über dem Planeten Erde, ist nicht gebildet aus höheren Luftschichten, die je nach Sonneneinstrahlung uns blau erscheint (die englische Sprache sagt dafür sky im Gegensatz zu heaven), sondern den Himmel stellen wir uns nur deswegen oben, d.h. über uns vor, weil er größer und höher ist als wir, weil er uns überlegen ist, Ausdruck einer höheren, weiteren, besseren und größeren, ja herrlicheren, jenseitigen Welt. Im Weltraum gibt es objektiv kein oben und unten; unten ist auf Erde da, wo uns die Erdkraft zum Erdmittelpunkt hin zieht.

Wir Menschen müssen geerdet sein, um den Himmel über uns zu sehen und uns im geistigen Sinne nach oben hin zu ihm auszustrecken, uns nach ihm zu sehnen, nach dem Größeren über uns Ausschau zu halten, damit sich unsere Perspektive auf unsere kleine Welt weitet. Der Glaube an Gott im Himmel schlägt eine Brücke von der materiellen Erde zu einer unvergänglichen, ewigen, jenseitigen und himmlischen Welt der zeitlosen und raumlosen Dimension Gottes.

geheiligt werde dein Name
Geheiligt lässt sich ableiten von Heil. Wer heil ist, ist ganz, gesund, tatkräftig, lebenstüchtig. In einem heiligen Menschen wirkt das Heil Gottes zur Ganzheit, zum höheren Selbst, zur Heiligung und Vervollkommnung des Menschen, letztlich wirkt in ihm der Heilige Geist, der ihn heilt, heiligt und heilig macht. Das Heilige ist nach Rudolf Otto einerseits das Furcht Erregende, ganz andere, das mich erschüttert, erbeben lässt, das mir in der Tiefe des Seins die Abgründe einer jenseitigen Welt eröffnet; andererseits ist es auch das Faszinierende, das mich magisch anzieht, erregt, beglückt, beflügelt. Wenn ich als Beter den Namen Gottes als

heilig verehre und den Imperativ in Form eines Konjunktivs setze, in dem Sinn, dass Gottes Name von uns Menschen geheiligt werden soll, geheiligt werden möge, d.h. Wert geschätzt, ehrfürchtig verehrt wird, dann deswegen, weil Er es ist, der uns heilt, heilig macht, (=heiligt) der uns bessert, in die Fülle des Seins zu sich in den Himmel, in die ewige Ganzheit und Vollendung führt.

dein Reich komme
Das heißt für mich, dein Reich der Liebe möge sich ausbreiten, für alle Menschen wahrnehmbar, spürbar werden. Gottes Reich und Seine Barmherzigkeit und Güte soll in unsere Herzen gelangen, damit Friede entstehe, Harmonie sich unter allen Kindern Gottes ausbreiten möge. Wenn wir Gottes Reich betreten dürfen, jubeln wir vor Freude und Glück. Die Himmel rühmen die Herrlichkeit Gottes, wenn Sein Reich auf die Erde kommt, wenn Gottes Herrschaft, die in Jesus Christus bereits begonnen hat, sich weiter unter den Menschen aller Völker und Nationen ausbreitet und ihre universale Kraft entfaltet.

dein Wille geschehe
Mit diesen drei Worten bekenne ich mich als Beter zur Herrschaft Gottes. Es soll geschehen, was Er von

mir will. Sein Wille ist wichtiger als mein eigener, mehr oder weniger egozentrischer, egoistischer oder selbstsüchtiger Drang.

Die alttestamentliche Tora heißt eigentlich Weisung und kann frei interpretiert auch als Wille Gottes übersetzt werden.

Die Gebote Gottes sind zur Entfaltung der Menschen da. Das 5. Gebot, müsste eigentlich heißen: "Du sollst nicht morden! D.h. nicht aus niederen Beweggründen töten, nicht aus Habgier, Neid, Rache, Eifersucht usw. Dieses 5. Gebot im Sinne eines Tötens von Leben konnte früher gar nicht absolut wirklich gelten, weil der Feind immer getötet werden musste. Auch schien es damals Pflicht, Tiere als Opfer zu schlachten Die Beachtung des 5. Gebots ist Grundlage aller Ethik. Wenn Menschen, egal aus welchen Gründen auch immer, andere Menschen und andere Geschöpfe Gottes (dazu gehören auch Tiere und Pflanzen, die aus bloßer Habgier und Profitsucht nicht artgerecht gehalten werden) morden, dann kann das nie im Einklang mit Gott und Seinem Willen geschehen.

Was heute angesichts der zerstörten Schöpfung in weiten Teilen der Kontinente und der von Müll und Kunststoff verseuchten Meere der Wille Gottes bedeutet, der Leben für alle will und nicht den Untergang der Menschheit oder die Ausrottung von Tier- und Pflanzenarten, als dessen Schöpfer und Erhalter er doch eigentlich zu gelten hat, darüber müssen wir heute wirklich mehr und gründlicher nachdenken als je zuvor.

In der jesuanischen Ethik der Bergpredigt wird jedenfalls mit dem Gebot der Einheit von Gottes- und Nächstenliebe nicht nur neu die Feindesliebe gefordert, weil ich auch dem Feind und dem in Not geratenen Menschen ein Nächster sein kann, sondern in der Gottesliebe ist auch zutiefst die Liebe zur Natur verankert; denn ich kann nicht behaupten, Gott den Schöpfer zu lieben, wenn ich seine Geschöpfe töte, verachte und ausrotte. Insofern ist aus meiner Sicht, Albert Schweitzers Prinzip der Ehrfurcht vor allem Leben auf der Welt die höchste und beste Motivation zu ethischem Handeln, um den Willen Gottes für die heutige Zeit zu beachten, zu respektieren und umzusetzen.

wie im Himmel, [also auch] **so auf Erden.**
Die Erlösung, die Gnade Jesu Christi, das Heil
Gottes muss auf Erden beginnen und sichtbar
werden, auch wenn die Vollendung im Himmel noch
aussteht. Gott ist ja nicht nur in der jenseitigen oder
zukünftigen Welt des Himmels, sondern die frohe
Botschaft Jesu lautet: "Kehrt um, tut Buße; denn das
Reich Gottes ist nahe." Also will Gott, dass wir
schon auf Erden teilhaben an Seiner Herrlichkeit;
dass wir schon jetzt etwas von Seiner göttlichen
Liebe und Barmherzigkeit spüren und weitergeben
an andere Menschen im Sinne seiner Gleichnisse
vom barmherzigen Samariter oder vom barmherzigen Vater, aber meines Erachtens nicht im Sinne
vom unbarmherzigen Knecht, der schwer gerügt und
bestraft wird, weil er die vom König erwiesene
Barmherzigkeit an seinem ihm schuldig gewordenen
Mitknechten nicht weiter gegeben hat.

Das, was Gott einem an Talent, Gnade und Liebe
geschenkt hat, muss vom Himmel auf die Erde
kommen und weiter gegeben werden, damit das
Reich Gottes auf dieser Erde wächst und sich immer
mehr entfaltet, größer, wunderbarer, verehrungs-
würdiger und herrlicher wird.

Unser tägliches Brot gib uns heute

Brot steht hier nicht nur für die physisch notwendige Nahrung zum täglichen Überleben, sondern für alles, was wir zum Leben brauchen: Etwas zu trinken, etwas zu essen, Kleidung, Unterkunft und Schutz vor schlechter Witterung, Platz und Ruhe je nach Kälte Decken zum Schlafen, aber auch Geborgenheit, Gemeinschaft, seelische Nahrung, geistige Nahrung (Wissen, geistliche Erfahrungen). Es geht also nicht nur um das tägliche Satt werden, obwohl dies natürlich in der Bitte eingeschlossen ist.

Damit stellt sich uns die Frage: Wie viele Menschen hungern und werden nicht satt? Wie viele Menschen verhungern jeden Tag? Es geht jährlich in die Millionen bei 7,5 Milliarden Menschen auf diesem Planeten. Das Welternährungsproblem wäre lösbar, wenn die Güter dieser Welt gerechter verteilt würden. Doch nicht die industrialisierte Landwirtschaft kann auf Dauer das Welternährungsproblem lösen, sondern vor allem eine vernünftige Geburtenplanung, also Bevölkerungsreduzierungsmaßnahmen, sei es durch staatliche Auflagen wie in China oder durch finanziell-wirtschaftliche Anreize oder durch Einsicht und Bildung, sofern wir uns als Menschheit nicht weiterhin der grausamen Folter der Kriege aussetzen wollen, die trotz der rund 55

Millionen Toten im Zweiten Weltkrieg letztlich gar keine wirksame und nachhaltige Bevölkerungsreduzierung erzielt hat und zumindest auch durch atomare, sprich nukleare Kriege keine humane und damit akzeptable Reduzierung der Weltbevölkerung sein kann. Die erste Forderung nach Brot für alle Menschen besteht für mich nicht nur in der Ächtung des Krieges, sondern vor allem auch in der Ächtung aller Waffenproduktionen, einschließlich Bomben, die immer Städte, Menschen, landwirtschaftliche Anbauflächen und andere unwiederbringliche Kulturgüter zerstören und alle Lebensgrundlagen vernichten. Es geht also nicht nur darum, die Bitte an Gott zu senden, dass er Brot schenkt, wie er damals in der Wüste das Brot vom Himmel als Manna gab (vermutlich eine süßlich schmeckende Absonderung von Schild-Läusen oder ein Sekret an Sträuchern), sondern dass er Frieden stiftet unter Menschen, die eine gerechtere Umverteilung der Nahrungsgüter dieser Welt in die Wege leiten. Das ist aber nur möglich, wenn Nahrung in ausreichenden Mengen produziert werden kann und wenn die Bereitschaft zum Teilen vorhanden ist. Wir müssen also als Christen zusammen mit allen Menschen guten Willens solidarisch sein und alles in unserer Macht zur Verfügung Stehende tun, dass alle Menschen das bekommen, was sie zu einem gesunden, guten und glücklichen Leben brauchen.

Wenn wir Menschen heute diese Bitte an Gott aussprechen, dann ist dies gleichzeitig ein Eingeständnis, dass noch nicht alle Menschen das haben, was sie zum Leben brauchen. Wir werden uns mit dieser Vater-unser-Bitte der Not der Menschen bewusst. Wir müssen also im Gebet erst einmal erkennen, was für alle Menschen überlebens- und heilsnotwendig ist, z.B. solidarisch leben und handeln, um die Güter dieser Welt gerecht zu teilen. Wir dürfen dabei nicht unsere Hände in den Schoß legen und nichts tun im blinden Vertrauen, dass Gott unser himmlischer Vater uns so gut ernähren wird wie die Vögel des Himmels, die im Übrigen auch oft in harten Revierkämpfen sich um ihre Nahrung bemühen müssen und sich besonders bei der Aufzucht ihrer Jungen plagen müssen. Im Übrigen sterben sehr viele Vögel bei uns im Winter, wenn sie nicht von Menschen gefüttert werden. Außerdem würden die Zugvögel massenweise sterben, wenn sie sich nicht auf die beschwerliche, anstrengende Reise in Richtung Süden auf machen würden.

Es geht also bei dieser Vater-unser-Bitte an Gott gleichzeitig um unsere Mitverantwortung und Bereitschaft, den Willen Gottes nach Nahrung für alle durch solidarisches Teilen in die Tat umzusetzen.

und vergib uns unsere Schuld
Es geht hier nicht um die theologische Konstruktion einer Erbschuld, einer allgemeinen oder Kollektiv-Schuld, sondern um die persönliche Schuld des einzelnen, wenn er Hilfe unterlassen und nicht genug getan hat, um die Missstände auf der Welt zu beseitigen. Insofern werden wir Menschen alle schuldig, weil wir keine vollkommene Barmherzigkeit jedem Menschen gegenüber leisten können. Das scheitert schon an den Kapazitäten. Irgendwann ist jeder Mensch ohne Aufladen neuer Energie, Kraft, Liebe, Zuspruch in seinem Engagement für eine bessere Welt erschöpft und ausgepowert. Schuld entsteht aber nicht in erster Linie durch mangelnden Fleiß, geringfügiges Engagement, fehlende Solidarität, minimale Nächsten- und Gottesliebe, sondern vor allem durch die eigene Selbstherrlichkeit, sich dem christlichen Anspruch zu mehr Gottes- und Nächsten-Liebe nicht zu stellen.

wie auch wir vergeben unseren Schuldigern.
Dies ist keine reine Absichtserklärung, sondern die eigene Vergebungsbereitschaft ist Grundlage

christlichen Handelns allen Menschen gegenüber. In der aramäischen Ursprache Jesu, ja selbst in der griechischen und lateinischen Übersetzung wird vorausgesetzt, dass wir als Christen bereits unserem Nächsten alles verziehen haben, weil uns als Kindern Gottes alles vom himmlischen Vater vergeben worden ist. Wir haben also kein Recht mehr, dem anderen seine Schuld anzukreiden, vorzuwerfen, sie in Erinnerung zu bringen.

Wer als Kind Gottes in Seinem Reich leben will, muss, wie Jesus metaphorisch gefordert hat, nicht nur sieben Mal, sondern sieben Mal siebenundsiebzig Mal, also unbegrenzt oft, dem Mitmenschen verzeihen, nicht nur seinen Schwestern und Brüdern im Herrn, seinen Mitchristen gegenüber. Das ist ein großes Ideal, eine schier unerhörte Überforderung des Menschen, die nur durch die Gnade der zuerst erteilten göttlichen Vergebung möglich wird.

Und führe uns nicht in Versuchung,
Mögen wir nicht in Gefahr geraten, Böses zu tun!

sondern erlöse uns von dem Bösen
befreie uns vor allem Bösen im dreifachen Sinne, von den Übeln der Selbstsucht, von den Folgen der luziferischen Selbstherrlichkeit, von satanischer

Trägheit, dem Reich Gottes als einem Reich der Liebe, des Friedens und der Gerechtigkeit Widerstand aufzubringen und halte uns fern von allem Diabolischem, Zerstörerischen, das Leben in seiner Entfaltung gefährdet, verhindert oder sogar tötet und vernichtet!

Amen.
Amen kommt vom hebräischen Wort aman = Bestand haben. Es ist ein Ausdruck der Bestätigung und heißt übersetzt so viel wie: Ja, so soll es sein!

Der Zusatz der später hinzugefügten Doxologie **"Denn dein ist das Reich und die Kraft und die Herrlichkeit, in Ewigkeit Amen."** ist eine doppelte Unterstreichung des Amen hinter dem früheren "Erlöse uns von allem Übel!" Es stärkt meine Erwartungshaltung mit einem tief gehegtem Wunsch, einer bestärkenden Zuversicht und Hoffnung auf eine bessere Welt, sodass ich diese Kraft in mir schon heute spüre und mich ein wenig mehr auf die zukünftige Herrlichkeit Gottes freuen darf, um so tief durchatmend, von ganzem Herzen zu diesem Gebet "Ja, so möge und soll es sein!" zu sagen.

Wäg- und messbar

Maße und Gewichte wurden relativ früh erfunden. Heute kann man Mess- und Regeltechnik studieren. Es gibt immer auch akademische Dummköpfe, die behaupten: Was nicht mess- und wägbar ist, existiert nicht.

Seit Virchow predigt man, dass es 5 Kriterien des Lebens gibt:

1. Bewegung
2. Wachstum
3. Vermehrung
4. Stoffwechsel
5. Empfindung auf Reize

Seit 20 Jahren lehre ich, dass es 2 weitere Kriterien gibt:

6. Rhythmus
7. Elektromagnetische Spannung.

Man beachtet es nicht, weil es nicht von einem akademischen Lehrstuhl kommt. Ich bin aber sicher, dass man sich in absehbarer Zeit dort mit dieser Erkenntnis schmücken wird.

Ein Mensch ist voller elektromagnetischer Spannung. Elektrische Erscheinungen sind schon messbar: EKG, EEG. Auch Mikrovoltagen sind messbar. Magnetwerte werden in „Gauß" gemessen. Aber was Elektrizität und Magnetismus ist, befindet sich zur Zeit noch im Bereich umstrittener Theorien.

Warum man krankhafte Zustände an den Haaren beobachten kann, ist nicht erklärbar. Dass Organismen – einschließlich Mensch – Sender und Empfängereigenschaften haben, könnte manche Telepathie-Erscheinung erklären. Messbar ist das noch nicht.

Lichtjahre und Satellitenübertragungen sind inzwischen Basiswissen. Dass es noch kleinere unentdeckte Wellenbereiche geben könnte, daran denkt man nicht. Das kommt in die Kiste des Aberglaubens, in die man schon Erdstrahlen und Tachyonen geworfen hat.

Wohnungswechsel

Letzte schriftliche Aufzeichnung von Dr. med. Walter Richard Maus vor seinem Tod 2002

Seit ich mit Erilies am 15.08.1946 kirchlich verheiratet bin, sind wir insgesamt sieben Mal umgezogen:

1. Zuerst wohnten wir in Bad Godesberg, Hohle Gasse 100, bei einem Deutschamerikaner, Herrn Hirth. Damals arbeitete ich als Unfallchirurg im Markus-Stift in Bad Godesberg (ohne Gehalt!)

Haus in Bonn-Bad Godesberg zur Miete

2. Als ich nach der Währungsreform kurz vor der Geburt des 1. Kindes im Juni 1948 eine Stelle als Kreiskommunalarzt des Landkreises Aachen bekam, zogen wir in ein ehemaliges Zöllnerhaus nach Schmithof, Rotterdell 3, was jetzt nach Aachen eingemeindet ist. Dort wurden die ersten drei Kinder geboren. Ich musste durch den ganzen Landkreis fahren, teils als Schularzt, zur Mütterberatung oder zu Impfungen und zwar mit Motorrad.

3. Im Oktober 1950 eröffnete ich eine eigene Praxis als praktischer Arzt in Aachen-Forst. Daher kauften wir uns dort 1952 in der Kantstraße 4 ein Reihenhaus.

Reihenhaus Kantstr. 4 in Aachen-Forst

Hier wurde unser 4. Kind und unser 5. und letztes Kind geboren. Nebenberuflich war ich Werksarzt bei der Reifenfirma Englebert, später Union-Royal, und beim Roten Kreuz.

4. Ea entdeckte eine günstige Gelegenheit in der Südstadt von Aachen ein Villa zu mieten, Preußweg 111. Die Eigentümerin Frau Krantz bewohnte die halbe 1. Etage, wir 3/4 des Hauses und mussten für den etwa einen Morgen (1000 Quadratmeter) großen Garten mit Schwimmbecken sorgen.

Großes Einfamilienhaus, Preußweg 111 im Süden von Aachen zur Miete

In diese Wohnzeit von 1958 bis 1963 fiel auch der Umzug der Praxis von der Trierer Straße im Jahr 1960 in die Harscamstraße 8, mitten im Zentrum von Aachen. Es war ein sehr altes Haus mit Fundamenten aus der Römerzeit.

Blick vom 4. Stock der Praxis in der Harscampstr. 8 in Richtung Dom und St. Foilan

5) 1963 kauften wir in Hauset, 11 km von Aachen und 3 km von der deutsch-belgischen Grenze entfernt, ein großes Haus aus dicken Steinbruchwänden, Kirchstraße 67. Hier waren wir von 9 Morgen Weidefläche umgeben und hatten

genügend Platz für unseren Esel Hella und später für 4 einen Isländer, 3 Norweger (Fjordpferde) ein englisches Vollblut, 3 Heidschnucken und einem Hund vom Brüsseler Pferde- und Flohmarkt.

Die Villa Bohlen als Bruchstein-Gebäude im Zentrum von Hauset, Belgien

Postkarten mit Ansicht von Hauset aus der Luft
Ganz unten rechts ist das Haus *Kirchstr. 67.*

6) Da ich zwei Jahre als Oberarzt in der Buchinger Fastenklinik arbeitete und später 10 Jahre als ärztlicher Direktor und Chefarzt am Wiedemann Parksanatorium in Mersburg, zogen wir im September 1973 zum Bodensee nach Salem-Tüfingen auf den Rössleberg 2. Unser Haus in Hanglage hatte ein Grundstück von 5.558 qm und eine herrliche Aussicht auf den Bodensee. Hier fühlten wir uns 23 Jahre lang sehr wohl.

Rössleberg 2, in Salem-Tüfingen am Bodensee

7) Als wir aus Altersgründen im Juni 1996 nach Überlingen in die Hafenstraße 16 zogen, bekam Ea vor Kummer und Aufregung eine Gürtelrose. Trotzdem haben wir aus dem über 400 Jahre alten Doppelhaus mit insgesamt 4 Etagen plus Erdgeschoss (aber wegen der unmittelbaren Nähe zum Bodensee ohne Unterkellerung), viel gemacht. Ea hat sich dort als tüchtige "Innenarchitektin" betätigt und die Dachterrasse und Balkone mit vielen Blumenkästen und Blumentöpfen in ein kleines Ersatzparadies verwandelt.

Die Hafenstraße 16 vor dem Umbau mit nur einem Fenster im Dach

EA ist nämlich außer einer guten Köchin auch noch eine hervorragende Gärtnerin und wäre als meine jahrelange Managerin, Steuerberaterin, Krankenkassen-Abrechnerin, Buchhalterin, Erzieherin meiner 5 Kinder, Lebensberaterin etc. auch eine sehr gute Ärztin geworden. Für mich ist sie die große Liebe meines Lebens und ein unübertroffenes "Musterweib", in die ich - trotz vieler beruflicher und seelischer Krisen und trotz zahlreicher Erkrankungen - seit über 56 Jahren selbst im Alter von 82 Jahren immer noch verliebt bin.

Hafenstraße 16 nach dem Umbau mit Praxis im EG,
Terrasse mit Blumen und Fenstern im 4. - 5. Stock

Wolken

Den Wolken und den Flammen im Kamin
zuzuschauen ist schöner als Fernsehen. Es sei denn,
es läuft gerade ein Naturfilm. Also Wolken sind
schön.

Ich meine natürlich vorwiegend die weißen
Wolken vor tiefblauem Himmel. Azurgemälde. Die
Bilder ändern sich dauernd. Oft sieht eine Wolke

wie Australien, Italien, Griechenland, Afrika oder Südamerika aus. Ich denke, dass dort oben ähnliche Kräfte am Werke sind wie einst bei der Entstehung der Erdteile. In diesem Himmelsfilm spielt sich allerlei ab. Die Riesenvögel von Boeing ziehen majestätisch dahin. Ich denke an die Leute, die darin sitzen. Haben diese Angst oder sind sie mehr von der Erwartung auf einen schönen Urlaub bestimmt.

Schwalben lenken meine Gedanken ab. Wie die fliegen, das schafft auch Ernst Udet nicht. Auch der sonstige Vogelflug – Möwen, Enten, Tauben, Schwäne, Milane – jeder fliegt anders, aber schön in ihrer Weise, manchmal auch majestätisch wie Bussarde und Adler oder harmonisch im Windschatten wie Gänse oder Kraniche. Zuschauen lohnt sich.

Dann kommt ein Sportflugzeug. Jetzt schwelge ich in Erinnerungen an die Zeit, wo ich selbst noch den „Knüppel" in der Hand hatte. Ich wünsche „Happy landing". Die Sonne steht tief, das Leuchten der Wolken ändert sich. Es wird kühler. Es ist Zeit zum Schlafen.

Aber morgen leuchtet wieder die Sonne und die Wolken ... wenn es nicht gerade regnet. Dann eben übermorgen.

Zauberworte

Ein Märchen für meine Enkel aus einer Zeit, als es noch gelbe öffentliche Telefonzellen gab und noch keine Handys oder Smartphones zum Telefonieren

Es war einmal ein kleiner Junge und ein kleines Mädchen, die pflückten auf einer großen Sommerwiese Blumen. Sie spürten die warme Sonne und hörten das Summen von vielen Bienen und Hummeln. Ab und zu sang ein Vogel. Als die Kinder in der Nähe des Zaunes ihre Blumen pflückten, setzte sich eine große schwarze Amsel ganz nahe bei ihnen auf den Zaun. Die Kinder legten sich still ins hohe Gras, um den Vogel nicht zu verscheuchen und seinem Lied zuzuhören. Er sang: „Tireli, tireli, flöt, flöt."

Auf einmal fing der Vogel an zu sprechen. Man konnte ihn nur schwer verstehen, weil er ja keinen Mund hat wie wir Menschen. Er sang: „Tireli, die Wiese, flöt, flöt, ist eine Zauberwiese."

Die Kinder spitzten die Ohren, damit ihnen kein Wort verlorenging. Das hatten sie schon mal gehört, dass es ganz früher, als ihr Großvater noch klein war, Hexen und Zauberer gegeben hat. Der Vogel sprach weiter: „Ich esse gerne Torte.

Hier gibt es Zauberworte."

Das wussten die Kinder, dass Amseln gerne in die Torte picken, wenn man den Kaffeetisch im Garten allein lässt. Auch die Tischdecke machen sie schmutzig. Nicht nur mit ihren Füßen.

Der Vogel krähte und zwitscherte seitlich durch den Schnabel ähnlich wie der Papagei von Tante Hilla, der aber nur ein paar Worte aussprechen konnte: „Das Geheimnis zu ergründen,
müsst Ihr die Worte finden!"
Dann sang er „Tireli, tireli, flöt, flöt", flatterte ein wenig mit den Flügeln, hob sich in die Luft und war weg. Die Kinder schauten noch eine Weile in den Himmel und zum Wald hinüber. Aber der Vogel war fort.

Da standen sie nun völlig verstört da. Schließlich dachten sie darüber nach, was ihnen soeben passiert war. Sie überlegten. Sie wussten, dass die Wiese eine Zauberwiese war. Sie sah auch wirklich wunderbar aus und schien viele Geheimnisse zu haben. Außerdem wussten die Kinder, dass es ein Zauberwort geben sollte. Das war aber auch schon alles. Die beiden Kinder setzten sich hin und waren ratlos. Sie wussten nicht, was sie tun sollten. Sie lauschten, ob nicht noch ein Vogel käme, der ihnen das Zauberwort sagen würde. Aber alle Vögel schienen Mittagspause zu haben. Auch die Bienen und Hummeln machten nur: „Brumm,

brumm, tschitt, tschitt." Eine Eidechse raschelte schnell vorüber und traute niemandem. Ein Frosch sprang nach einer Fliege, schaute mit seinen Augen in verschiedene Richtungen und interessierte sich für nichts anderes. Die Kinder wurden müde, streckten sich aus und schliefen ein.

Der Junge schlief nicht sehr tief. Als er wach wurde, wusste er zuerst nicht, ob er die Sache mit dem sprechenden Vogel geträumt hatte oder nicht. Als aber das Mädchen auch wach wurde und als Erstes fragte: „Wie mag das Zauberwort bloß heißen?", wusste er, dass er nicht geträumt hatte.

Das Zauberwort, das Zauberwort! Wo kann man es nur hören auf dieser Wunderwiese? Aber das Mittagsgebrumm und Gesumme blieb wortlos. Worte, fiel dem Jungen ein, kann man ja nicht bloß hören, Worte kann man auch lesen.

„He, Du!" sagte er zu dem Mädchen. „Kannst Du lesen?" – „Ja", erwiderte sie. „Aber Du bist doch noch gar nicht in der Schule", wandte der Junge zweifelnd ein. – „Aber meinen Namen kann ich lesen", protestierte das Mädchen. „Das reicht wohl kaum aus, um ein Zauberwort zu finden", meinte der Junge verächtlich. Daraufhin machte das Mädchen ein mopsiges Gesicht, sagte nichts mehr und blieb sitzen. „Lesen sollte man können!" seufzte der Junge mehr zu sich selber als zu dem Mopsgesicht. "Die paar Wochen, die ich bisher die Schule besuchte! Ob das wohl reicht, um ein Zauberwort lesen zu können?- Nur nicht den Mut verlieren", dachte er bei sich. „Wenn der Vogel was von einem Zauberwort gesagt hatte, musste es auch eins geben."

Das Mädchen machte jetzt kein Mopsgesicht mehr, sondern glotzte gelangweilt vor sich hin, riss ein paar Gräser aus und meinte schließlich energisch: „Ich habe Hunger. Ich will nach Hause." Der Junge hatte noch keinen Hunger und wollte zunächst das Zauberwort finden. „Hilf mir lieber, das Wort zu suchen, als da doof herumzusitzen", sagte er. „Na, meinetwegen!" erwiderte das Mädchen, als ob es hier auf der Wiese Papier gäbe, wo Zauberworte draufstehen. An Bäumen standen auch manchmal Worte. Aber das war jetzt uninteressant; denn auf der Wiese gab es keine Bäume. Sie krochen durch das hohe Gras und suchten nach etwas Geschriebenem. Plötzlich rief das Mädchen: „Da steht was!" – „Wo?" polterte der Junge ganz aufgeregt. - „Vor Deiner Nase, Du Döskopp!" höhnte sie. – „Na, wo denn?" schrie der Junge verunsichert und zweifelnd. "Ich sehe immer noch nichts." Doch bevor er sich resigniert abwenden konnte, kroch das Mädchen ganz nahe heran und zeigte mit dem Finger auf eine besonders große Mohnblume. Drei der Blütenblätter waren nach außen umgeklappt und dunkelrot. Das war wie mit Blut geschrieben. Diese Buchstaben konnten sie erkennen.

Auf dem ersten roten Blatt stand: MUM,
auf dem zweiten Blatt war das Wort   ASSA
eingeritzt und auf dem dritten war   NEP
zu lesen.

Es waren alles Buchstaben, die der Junge, er hieß übrigens Christoph, schon von der kurzen Schulzeit im 1. Schuljahr der Grundschule kannte. Er fasste das Mädchen, das Anja hieß, in seiner Freude bei der Hand und buchstabierte das Wort: "MUM-ASSA-NEP."

In diesem Moment passierte etwas Sonderbares. Das Zauberwort war ausgesprochen und zeigte seine Wirkung. Es knackte in den Beinen und Armen der Kinder, so, wie wenn der Vater mit seinem Fotostativ hantierte, und die Kinder waren nur noch halb so groß wie vorher. Als sie sich von ihrer Überraschung erholt hatten, sagte Christoph das Wort noch einmal: „MUM-ASSA-NEP!" Und sie waren wieder nur noch halb so groß wie vorher. Die Wiese kam ihnen jetzt fast wie ein undurchdringbares Dickicht vor. Ein dicker Käfer kam vorüber wie ein kleines Auto. „Um Himmels willen", schrie Anja, "sage das Wort bloß ja nicht noch einmal, sonst sind wir Däumlinge!" Sie waren jetzt so groß wie Puppen und die Wiese erschien ihnen wie eine Urwaldwiese mit riesigen Gräsern, Kräutern und Blumen. „Mensch", murmelte Anja, "so können wir doch nicht nach Hause kommen. Was werden unsere Eltern sagen?"

Christoph fand es aber zunächst ganz praktisch. „Wenn man so klein ist, kann man sich doch prima verstecken!" - So kamen sie an den Zaun, auf dem vorher – sie wussten nicht mehr vor wie langer Zeit – der sprechende Vogel gesessen hatte. Sie ahnten in welcher Richtung es zur Kirche ging, denn aus der Ferne konnten sie die Turmuhr deutlich schlagen hören. Der Weg war jedoch sehr viel weiter als sie gedacht hatten. Als es fast dunkel wurde, kamen sie bei der Kirche an. Als sie die Straße überqueren wollten, hatten sie Mühe, einem Radfahrer rechtzeitig auszuweichen. Wenn ein Auto nicht eine Vollbremsung mit quietschenden Reifen gemacht hätte, wären sie nicht heil über die Straße gekommen. Der Autofahrer schimpfte: „Wer lässt uns denn aufgedrehte Puppen über die Fahrbahn laufen!?" Der Radfahrer meinte, es wären Marionetten und irgendjemand säße im Baum und führte die Fäden. Er schaute nach oben. Einige Leute, eine Kinderschar und ein Hund waren stehengeblieben. Die Kinder riefen: „Die laufen ja wie richtige Menschen!" und rannten herbei. Anja und Christoph konnten noch gerade hinter einer Mülltonne verschwinden und sich zwischen Zaunlatten in Sicherheit bringen. Ein alter Mann stocherte mit seinem Stock im Gebüsch herum und belehrte die Kinder: „Ach was! Das waren sicherlich nur Ratten. Die rascheln immer so!" Ihre Herzen klopften bis zum Hals, als der Hund auch noch seine Nase durch den Zaun steckte. Aber da pfiff jemand, und er rannte weiter. Sie hielten die Luft an, bis sich die Leute verlaufen hatten und dem Kindergeschrei, sie hätten angeblich laufende Puppen auf der Fahrbahn gesehen, keine Beachtung mehr schenkten.

Da fing Anja an zu weinen und hatte Angst. Christoph nahm sein Taschentuch, tröstete sie und trocknete ihr die Tränen. Ihm war auch zum Heulen zumute. „So ein verflixtes Wort und solche Folgen!" Aber er wusste, gegen jedes Gift gibt es ein Gegengift. Und wenn es ein Wort gibt, was einen jedes Mal um die Hälfte kleiner macht, dann muss es auch ein Wort geben, was einen jedes Mal um das Doppelte wieder größer macht. Das ist doch einfach logisch! Also Weinen nützt nichts. Man könnte den Eltern Bescheid geben. Aber wie? Ein Telefonhäuschen war neben der Kirche. Bei Tage da hinauf Turnen gäbe wieder einen Menschenauflauf. Vielleicht würde man sie dann einfangen und in den

Zoo bringen. Christoph hatte Geld in der Tasche. Aber das war auch kleiner geworden und würde fürs Telefon nicht passen. Man könnte vielleicht warten, bis ein Polizist kommt, ihn am Bein packen und zweimal „MUM-ASSA-NEP, MUM-ASSA-NEP" sagen. Dann würde der Polizist genauso klein wie er und Polizisten wüssten manchmal zu helfen. "Die haben ja gelernt, wie man Menschen helfen kann", dachte Christoph. Und er grübelte weiter: "Hätte ich Anja nicht bei der Hand gehalten, als ich das Zauberwort sprach, wäre nur ich so klein geworden. Wenn ich aber einen Polizisten berühren könnte, während ich das Zauberwort zweimal spreche, dann würde der zwar auch so klein wie ich jetzt, ich selber aber wäre dann noch zweimal um die Hälfte kleiner als er und als ich jetzt. Dieser Plan ist also Essig." -

Anja sinnierte: „Wir können ja den Eltern schreiben. Ich weiß die Adresse." „Keine schlechte Idee!" antwortete Christoph. „Ein Briefkasten ist gleich am Telefonhäuschen. Briefmarken brauchen wir keine. Die Eltern werden das Strafporto für unseren Brief schon zahlen!" Fehlt also nur Papier und Kugelschreiber. Papier flog nun genug herum. Ein Stück schmutzige Zeitung – das war ungeeignet. Aber da hatte gerade jemand einen rechteckigen Pappteller, wo vorher heiße Würstchen drauf waren, über den Zaun geworfen. Den holten sich die

Kinder. Den Senf leckten sie ab, weil sie langsam hungrig wurden. Jetzt fehlte nur noch ein Kugelschreiber. Sein Vater verlor fast jeden Tag einen. Wenn es allen Leuten so ginge, müssten die Straßen ja voller Kugelschreiber liegen. Sie suchten also die Straße nach Kugelschreibern ab. Dabei verhielten sie sich wie Indianer. Gar nicht weit weg lag ein dicker grüner im Rinnstein. Anja spähte nach rechts, Christoph nach links, ob niemand käme. Und husch sprang Christoph in den Rinnstein und schleppte ihn ins Gebüsch. Das Ding war ziemlich groß und schwer. Er hantierte damit wie mit einem Besen. Als er aber damit schreiben wollte, gab's nur Kratzer. „Der schreibt genauso wenig wie die Kugelschreiber an unserem Telefon!" rief Anja enttäuscht aus. „Vielleicht hat jemand im Telefon-häuschen einen liegen lassen! fiel Anja ein. - "Den holen wir uns erst, wenn die Leute von der Straße sind und fernsehen." beschloss Christoph.

Als es dunkel und auf der Straße menschenleer wurde, liefen sie zum Telefon-häuschen. Christoph nahm Anja auf seine Schultern. Sie streckte sich nach oben und konnte das ersehnte Schreibutensil gerade noch erreichen. Sie stemmte es mit aller Kraft hoch und warf den Schreiber auf den Boden. Und siehe da! Dieser Kugelschreiber war tatsächlich noch brauchbar. Danach diktierte

Anja die Anschrift der Eltern. Christoph schrieb zwar krumm und quer. Aber man konnte es lesen. Für den Text brauchten sie dann fast eine Stunde. Er lautete:

„Dursch dahs Zauberwort Mumassanep siend wir gans klain geworden und wachten an der Kierche. Anja und Kristoff"

Den Pappteller in den Briefkasten zu befördern war ganz einfach. Ein Holunderbusch wuchs darüber und unter Christophs Gewicht bogen sich die Zweige bis genau vor den Schlitz. „Das ist geschafft!" stießen die Kinder erleichtert aus. Und wie aus einem Munde: „Und jetzt haben wir Hunger!" In der Telefonzelle war noch ein Paket mit Keksen und eine halbe Tafel Schokolade liegengeblieben. Das reichte fürs erste. Die Nacht war warm. Es gab weiches Moos unter dem Holunderbusch. Ein dicker Wollschal, der über dem Zaun hing und niemandem zu gehören schien, reichte, um sich warm einzuwickeln. So schliefen die Kinder ein, träumten von zuhause und wurden erst wach, als es schon fast Mittag war.

Inzwischen hatte die Post zuverlässig gearbeitet und den Pappteller mit dem Senfklecks prompt mit Nachporto an die Adresse der Eltern befördert. Schon am Abend, als es dunkel wurde und die erwarteten Kinder immer noch nicht zuhause erschienen, waren die Eltern zur Polizei gegangen. Sie machten sich große Sorgen um ihre Kinder. Die Mutter weinte die halbe Nacht und der Vater hatte überall herumtelefoniert, wo die Kinder möglicherweise sein könnten. Als nun der Pappteller eintraf, wussten sie wenigstens, dass die Kinder noch lebten.

Sie liefen gleich zu den Großeltern, um Rat zu holen. Großvater wusste sofort, was zu tun war, als er das Zauberwort las. Er war im Krieg beim Geheimdienst und dort als "Code-Knacker tätig gewesen. Als er das Wort „MUM-ASSA-NEP" las, meinte er auf Anhieb: „Primitiv! Wenn das Wort kleiner macht, wenn man es ausspricht, dann macht es größer, wenn man es von hinten liest. Man braucht nur „PEN-ASSA-MUM" zu sagen und man wird doppelt so groß."- Sogleich schwang er sich auf sein Fahrrad. Mit dem Pappteller in der Hand fuhr er zur Polizei: „Geben Sie mir bitte einen Wagen mit Lautsprecheranlage und fahren Sie in die Nähe der Kirche!" Die Polizei erfüllte seinen Wunsch sofort, und Großvater fuhr mit ihnen los. Man konnte es weithin hören: „Achtung, Achtung! Hier spricht die Polizei!" Die Kinder hörten gleich von weitem diesen Aufruf und erkannten die Stimme des Großvaters. Da lief ihr Puls ganz schnell und sie bekamen knallrote Köpfe. „Anja und Christoph!" hörten sie den Großvater laut rufen. „Ihr müsst das

Zauberwort rückwärts sagen und Euch dabei an die Hand nehmen!" – Und das taten die Kinder auf der Stelle. Als der Großvater langsam sprach: „PEN-ASSA-MUM", sprach Christoph laut mit: „PEN-ASSA-MUM" und das Knacken wie in Vaters Stativ fing wieder an. Sie wurden doppelt so groß wie zuvor. Er wiederholte das Wort „PEN-ASSA-MUM" noch einmal und sie waren wieder normale Kinder.

Sie standen noch hinter dem Zaun, als der Polizeiwagen mit Großvater vorbeifuhr. Eine ganze Menge Kinder waren mitgelaufen; denn das Polizeiauto fuhr ganz langsam. Als die Kinder dem Auto nachliefen, sah Christoph in der Menge einen frechen Jungen, der ihn immer anspuckte und um sich trat und der Anja einmal einfach ihren roten Ball abgenommen hatte. Da sagte Christoph noch ein drittes Mal „PEN-ASSA-MUM", ohne Anja anzufassen. Er wurde doppelt so groß und konnte als ein gewaltiger Riese dem frechen Jungen schleunigst eine kräftige Ohrfeige geben. Der schrie wie am Spieß und rannte davon. Christoph sagte schnell: „MUM-ASSA-NEP" und war wieder normal.

Dann riefen sie beide: „Großvater, Großvater! Da sind wir!" Sie sprangen hoch und tanzten vor Freude. Der Polizeiwagen hielt an. Die Kinder stiegen ein und sie fuhren nach Hause, wo die Eltern voller Sorge auf ihre Kinder gewartet hatten und sie nun erleichtert und überglücklich in ihre Arme nahmen.

Für Anja und Christoph blieb das Zauberwort auch noch weiter wirksam. Ja es funktionierte auch für die Menschen oder Tiere, die sie berührten, wenn sie es aussprachen. Es war sehr praktisch, wenn sie in Mäuselöchern verschwinden wollten und auch, um bei Verdopplung der Größe über eine hohe Mauer zu schauen oder zu springen. Wenn Erwachsene oder andere Kinder dagegen das Zauberwort benutzten, nützte es überhaupt nichts. Aber Anja und Christoph waren immer sehr vorsichtig mit dem Zauberwort; denn wie leicht hätte es passieren können, dass eine Katze sie erwischte, wenn sie gerade mal aus einem Mauseloch kämen!

Lebensdaten

von Dr. med. Walter Richard Maus

Walter Richard Maus wurde am 30.06.1919 in einer Handwerkerfamilie in Köln geboren.

Nach seinem Studium der Medizin in Köln, Bonn und Erlangen machte er 1946 Staatsexamen und promovierte in Gynäkologie.

In Aachen war er zunächst Kreisarzt. 1950 machte er sich als Naturarzt in freier Praxis für ca. 22 Jahre selbständig. Nebenberuflich war er als Werksarzt zunächst bei Englebert, dann bei der Reifenfabrik Union Royal in Aachen tätig sowie als Betriebsarzt des Deutschen Roten Kreuzes.

Im Jahre 1958 war er von August bis Dezember gut vier Monate lang Schiffsarzt bei der Ostasienlinie der HAPAG-Lloyd auf der MS-Frankfurt.

Von 1972-1974 war er Oberarzt an der Buchinger Fastenklinik und 10 Jahre ärztlicher Direktor und Chefarzt am Wiedemann-Parksanatorium in Meersburg am Bodensee.

Als Kneipparzt hielt er zahlreiche Vorträge im Kneipp-Bund über die Heilmethoden nach Pfarrer Sebastian Kneipp.
Spezialisiert war er als Facharzt für Allgemein-Medizin, Badearzt, Geburtshelfer, Arzt für Naturheilkunde und Homöopathie, später auch Fastenarzt in zwei Fastenkliniken.

Als Mitbegründer und zeitweise Vizepräsident der Internationalen Gesellschaft für Thymusforschung hat er sich einen Namen gemacht. Segensreich wirkte er außerdem besonders in der Krebsforschung und als Ehrenvorsitzender auf Lebenszeit in der internationalen Ärztegesellschaft für Energie-Medizin.

Mit seiner Ehefrau Erilies Maus, geb. Deku, die er im Januar 1946 standesamtlich und am 15.08.1946 auch kirchlich heiratete, bekam er fünf Kinder

Als er im Alter von fast 83 Jahren am 19. Mai 2002 in Friedrichshafen am Bodensee starb, hinterließ er seine Frau, 5 Kinder und 9 Enkel. Seine Frau Erilies folgte ihm 4 1/2 Jahre später am 17.12.2006 in die Ewigkeit nach.

Anhang mit Fotos und Urkunden

Erilies Deku und Walter Maus als verliebte Verlobte

Das Hochzeitspaar am 15.08.1946

Erilies und Walter Maus mit Pfarrer, Eltern,
Schwestern, Schwager und Neffe Wilfried, 3 J.

A.

Nr. 610
Köln am 3. Juli 1919

Vor dem unterzeichneten Standesbeamten erschien
heute, der Persönlichkeit nach auf Grund seines
Hausstandsbuches anerkannt,
der Dekorationsmaler Joseph Maus,
wohnhaft in Köln-Ehrenfeld, Venloer Straße 238,
katholischer Religion, und zeigte an, daß von der
Paula Maria Josefine Maus geborene
Putmans, seiner Ehefrau, katholischer Religion,
wohnhaft bei ihm
zu Köln, Sachsenring 10
am dreißigsten Juni des Jahres tausend neunhundert
neunzehn nachmittags um elf Uhr ein Knabe
geboren worden seiund daß das Kind die Vornamen
              Walter Richard
erhalten habe.

Vorgelesen, genehmigt und unterschrieben
        Josef Maus

              Der Standesbeamte.
              In Vertretung
              Breker

Für die Richtigkeit der Abschrift:

Aachen, den 14. XII 54

Abschrift der Geburtsurkunde für Walter Richard
Maus

Abschrift

Heiratsurkunde
Standesamt Bad Godesberg Nr. 18 1946

Der Hilfsarzt Walter Richard Maus
geboren am 30. Juni 1919 in Köln
Stadesamt Köln Nr. 610, und
die Kandidatin der Staatswissenschaften Erika Elisabeth
Deku, katholisch, wohnhaft in Buchholz/Westerwald,
geboren am 9. Februar 1923 in Darmstadt
(Standesamt Darmstadt Nr. 179
haben am 7. Februar 1946 vor dem Standesamt
Bad Godesberg die Ehe geschlossen.

Vater des Mannes: Josef Maus, Dekorationsmaler, wohnhaft in Köln-Bockle-
Mutter des Mannes: Paula Maria Josefine, geborene   münd
Putmans, wohnhaft in Köln-Bocklemund
Vater der Frau: Franz Erich Johannes Maria Deku,
Diplom-Kaufmann, wohnhaft in Buchholz
Mutter der Frau: Theodora, geborene Michels, wohnhaft in Buchholz.

Siegel   Bad Godesberg, den 7. Februar 1946
                              Der Standesbeamte
                              In Vertretung: Schieffer
              die Richtigkeit der Abschrift:

                    Aachen, den 14. XII 54

Abschrift der Heiratsurkunde

Hochzeitsgesellschaft von 1946

Dr.med. Walter Richard und Erilies Maus nach 25
Jahren bei der Silberhochzeit

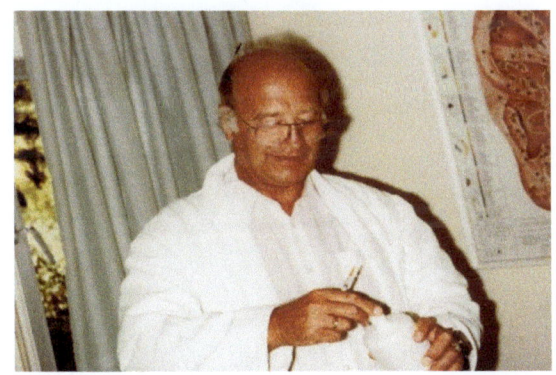

Dr. med. Walter R. Maus in seiner Praxis

Dr. med. Walter R. Maus mit Kapitänsmütze auf
seinem Motorboot EA

Passfoto von Dr. med. Walter R. Maus

Walter Maus als Medizin-Student

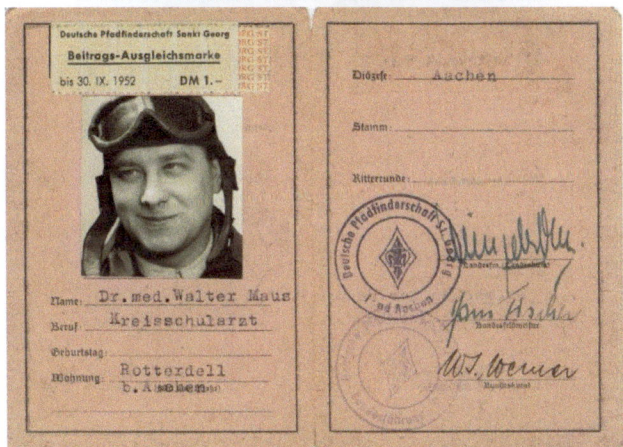

Pfadfinderausweis mit Motorradbrille

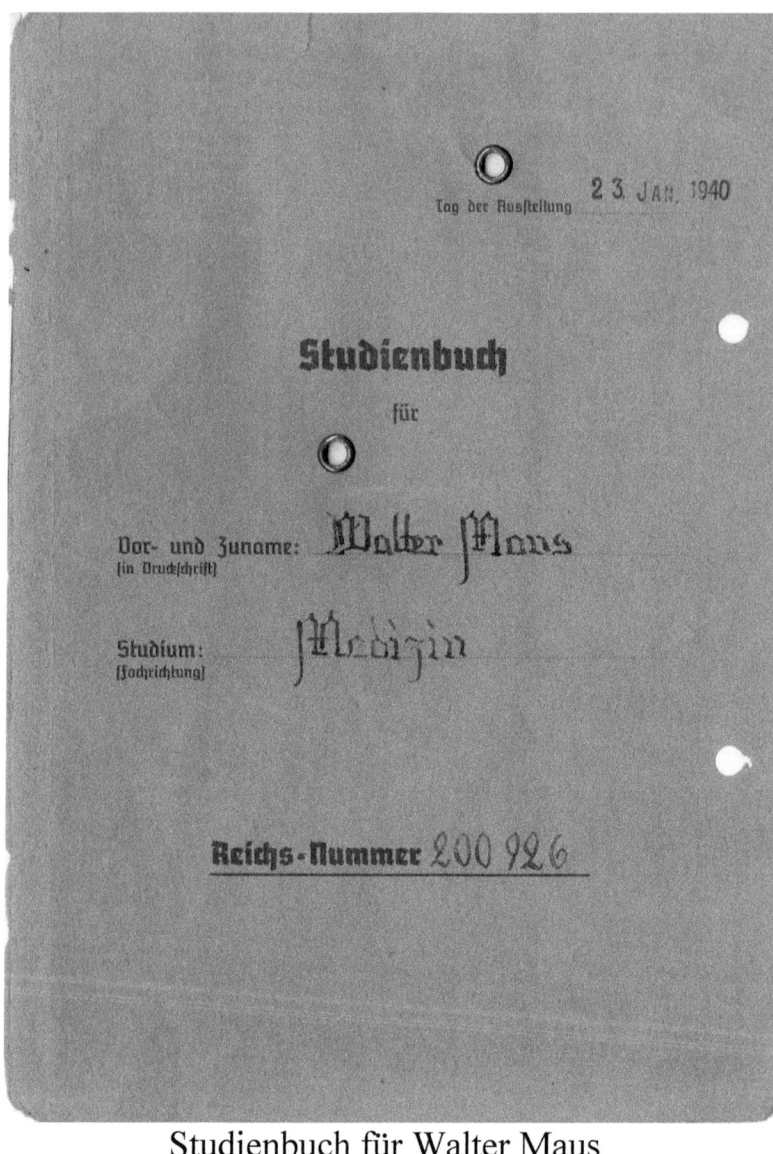

Tag der Ausstellung   2 3. JAN. 1940

Studienbuch

für

Vor- und Zuname: *Walter Maus*
(in Druckschrift)

Studium: *Medizin*
(Fachrichtung)

Reichs-Nummer 200 926

Studienbuch für Walter Maus

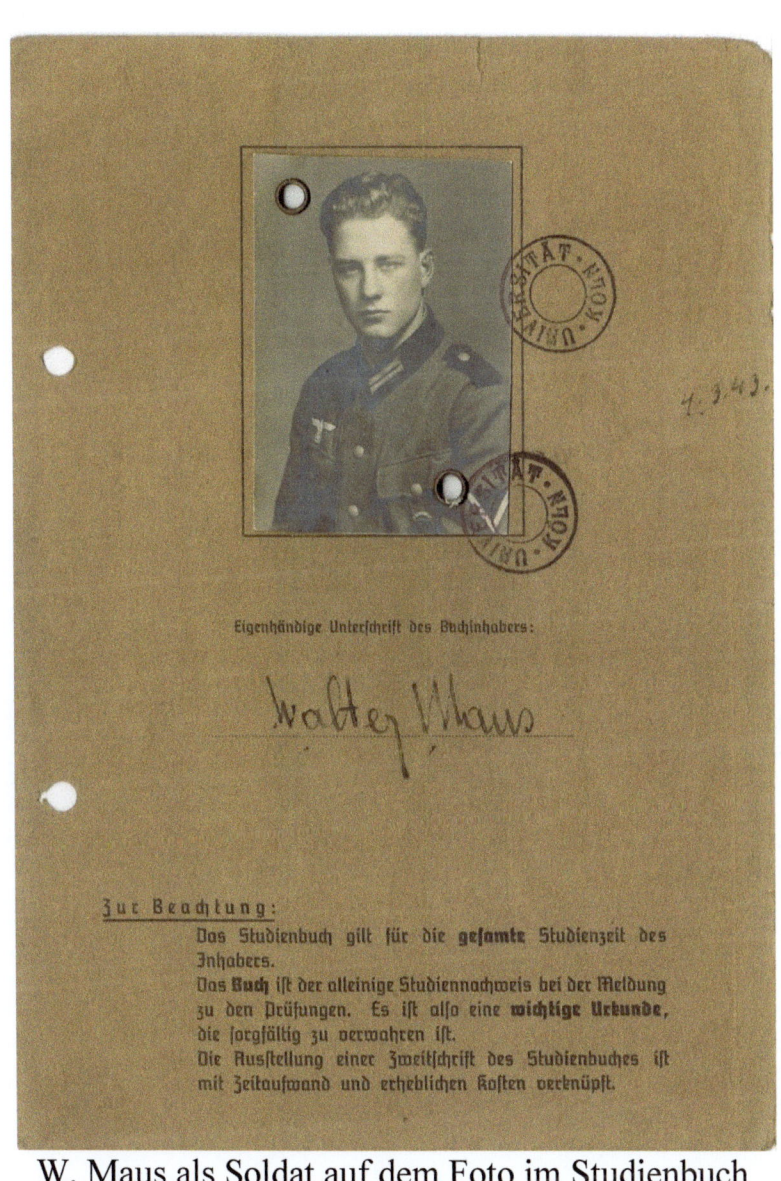

Eigenhändige Unterschrift des Buchinhabers:

Walter Maus

Zur Beachtung:

Das Studienbuch gilt für die **gesamte** Studienzeit des Inhabers.

Das **Buch** ist der alleinige Studiennachweis bei der Meldung zu den Prüfungen. Es ist also eine **wichtige Urkunde,** die sorgfältig zu verwahren ist.

Die Ausstellung einer Zweitschrift des Studienbuches ist mit Zeitaufwand und erheblichen Kosten verknüpft.

W. Maus als Soldat auf dem Foto im Studienbuch

Schöpfe so viel Mut, die Dinge zu verändern, die veränderbar sind!
Sammle soviel Kraft, die Dinge zu ertragen, die nicht veränderbar sind!
Und erlange so viel Weisheit, um beides voneinander zu unterscheiden!

Urkunde

für 10-jährige Mitgliedschaft

Die **Gesellschaft für Biologische Krebsabwehr** e.V. dankt

Dr. med. W. R. Maus

für die Unterstützung
der Aufgaben und Ziele der Gesellschaft
zum Wohle krebskranker Menschen!

Heidelberg, im Dezember 1996

Prof. Dr. K. F. Klippel
-Präsident-

Dr. med. G. Irmey
-Ärztlicher Direktor-

Anerkennung seines Erfolgs in der Krebstherapie

Dr. Maus verließ Aachen

Aachen. — Dr. med. Walter R. Maus verließ nach 23jähriger Tätigkeit Aachen. Er ist jetzt Arzt für Allgemeinmedizin in der Buchinger-Klinik in Überlingen am Bodensee, wo er sich u. a. seinem Lieblingsgebiet „Krebs in biologischer Sicht" sowie biologisch-psychotherapeutischen und ganzheitsmedizinischen Fragen stärker widmen kann.

Als Geburtshelfer hat er manchen Oecher Erdenbürger auf die Welt gebracht, aber auch vielen beim letzten Abschied die Hand gehalten. Er war auch ein Jünger Hahnemanns und hat auf diesem Gebiet erfolgreich gewirkt.

Er gehörte zweifellos zu den populären „Aachenern", von dem noch manche „Amoröllchen" in Erinnerung sind. Erinnert sei nur an seine Wette wegen Alemannia, als er mit Bierfäßchen und Sportdreß durch die Stadt zog, an seine vielen Büttenreden bei den „Brander Stieren" und im Neuen Kurhaus.

Er wurde nicht zuletzt bekannt durch seine Dozententätigkeit an der Bischöflichen Akademie, seinem Wirken im Eheseminar und als Werksarzt bei der Uniroyal/Englebert, als Kreisverbandsarzt des Roten Kreuzes und seinen Biologieunterricht am KKG. Er hielt Vorträge im Kneippverein, der ihn mit der silbernen Ehrennadel auszeichnete.

Bester Opi der Welt

Diese Auszeichnung wird hiermit verliehen

an _____Walter Maus_____

Deine Stärken sind Weisheit und Geduld, Liebe
und Verständnis, Einsicht und Erfahrung.
Du bist zwar der Familienälteste, aber jeder
weiß, daß Du im Herzen ein kleiner Junge
geblieben bist.

Bleib' so wie Du bist!

30. Juni 1989
_____
Ort, Datum

Anja, David, Angela,
Fabian, Christina,
Clarissa, Christoph,
Helen.

Bescheinigung von 8 Enkeln zu seinem 70.
Geburtstag, der beste Opi der Welt zu sein

Ehrenurkunde

Hiermit ernennen wir

Dr. Walter Maus

gemäß Vorstandsbeschluß vom 24. August 1998 zum

Ehrenvorsitzenden auf Lebenszeit

Wir danken Dr. Maus für sein unermüdliches Wirken um die
Anliegen und Aufgaben unserer Gesellschaft und wünschen ihm
weiterhin viel Glück und Gesundheit.

Für den Vorstand

Präsident   Generalsekretär

Seefeld, 19. September 1998

IGEM Internationale Ärztegesellschaft für Energiemedizin
A-1170 Wien, Hernalser Hauptstr. 86/13 Tel. +43-1-48 49 50 6

Ehrenvorsitz auf Lebenszeit in der internationalen
Ärztegesellschaft für Energiemedizin

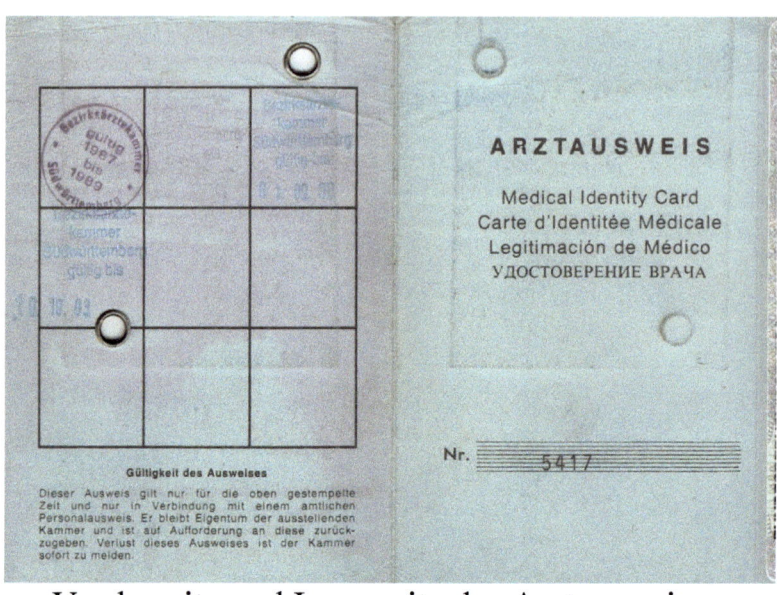

ARZTAUSWEIS

Medical Identity Card
Carte d'Identitée Médicale
Legitimación de Médico
УДОСТОВЕРЕНИЕ ВРАЧА

Nr. 5417

Vorderseite und Innenseite des Arztausweises

Name / Surname / Nom / Nombre /
Фамилия

Maus

Vorname / Christian Name / Prénom /
Nombre de pila / Имя

Walter-R.

Geburtsdatum / Date of Birth / Date de
naissance / fecha de nacimiento /
Дата рождения

30.06.1919

ist als Arzt auf Grund des Gesetzes Ange-
höriger der Ärztekammer.

is as a physician in accordance with the
law member of the Chamber of Physicians.

est comme médecin en vertu de la loi
membre de l'ordre des médecins.

como médico es socio del Colegio Oficial
de médicos, según la ley.

в качестве врача является членом палаты
врачей на основании закона

(Unterschrift des Arztes)

Tübingen den 14.09. 19 87

Landesärztekammer Baden-Württemberg
Bezirksärztekammer
(Ort, Datum und Unterschrift
der ausstellenden Kammer)
Tübingen, Wachlerstr. 70

Studentenausweis der Universität Konstanz für ein Jurastudium im Jahre 1985

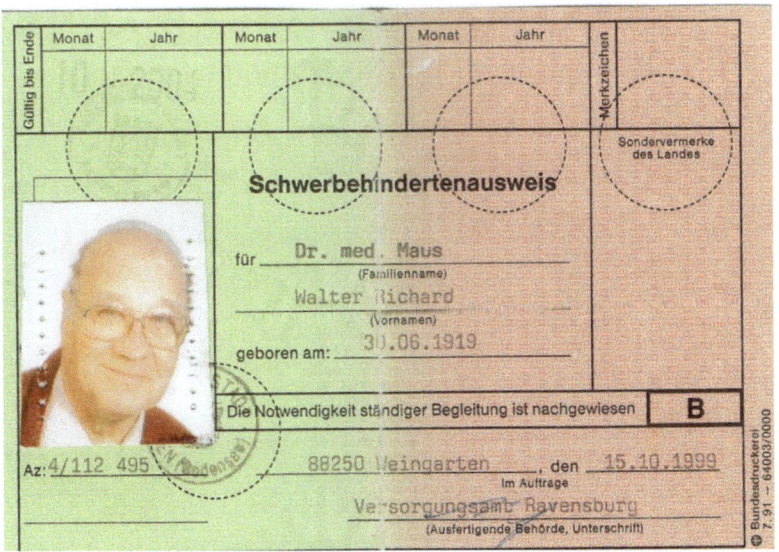

Waffenschein für Signal- und Gaspistole

Erilies und Walter, Portrait im Fotostudio

VERLEIHUNGS-URKUNDE

Herrn Dr.med. W. Maus, Aachen

wurde heute das Ehrenabzeichen in

SILBER

für langjährige Mitgliedschaft
verliehen. Damit wird gleichzeitig eine
vorbildliche Mitarbeit,
die zur Förderung der naturgemäßen
Lebens- und Heilweise geleistet wurde,
dankbar anerkannt.

KNEIPP-BUND E.V.
Verband der Kneipp-Vereine
Deutschlands

München, 28.8.1971

Dr.med. Th. de la Camp
Präsident

E. Memminger
Verbandsdirektor

Verleihungsurkunde des Ehrenabzeichens in Silber
für lanjährige Mitgliedschaft im Kneipp-Bund e.V.

Flugbuch + internat.Sport-Lizenz für Motorflug

Eigenhändige Unterschrift

geboren am   30. 6. 19

in   Köln

Ausweis zum Segelflug im Raum Aachen

IGTI

**Internationale Gesellschaft
für Thymologie und Immuntherapie e.V.**
International Society
for Thymologie and Immunotherapy
Bad Harzburg

Anläßlich des 20-jährigen Bestehens
der IGTI sprechen wir

Dr. med. Walter Maus

unsere ehrenvolle Anerkennung
und unseren Dank aus.

Er hat sich durch sein langjähriges Engagement
um die Verbreitung der immuno-biologischen
Thymustherapie äußerst verdient gemacht.

Bad Harzburg, den 07. Oktober 1995

Dr.med. Milan C. Pesic   Dr. med. J.C. van Montfort
Präsident   *Vizepräsident*

Anerkennung durch internat. Gesellschaft für
Thymologie und Imuntherapie e.V.

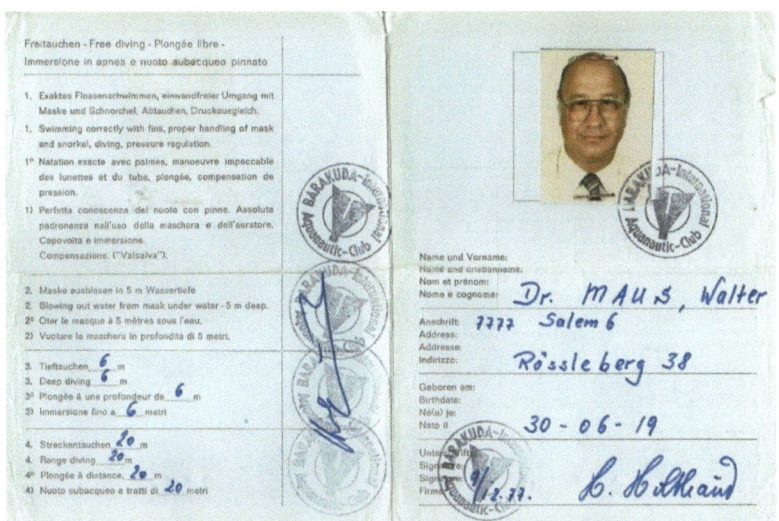

Internationaler Tauchausweis

Motorboot EA auf dem Bodensee

Erilies und Walter Maus am 20.09.1977

Walter und Erilies braun gefärbt vom Urlaub

Walter und Erilies in Mindelheim

Erilies und Walter Maus auf der Terrasse in Salem

Internationaler Führerschein und freiwilliger Test

Hinweis zur Hörbehinderung

Letzter Personalausweis von Dr. W.R. Maus

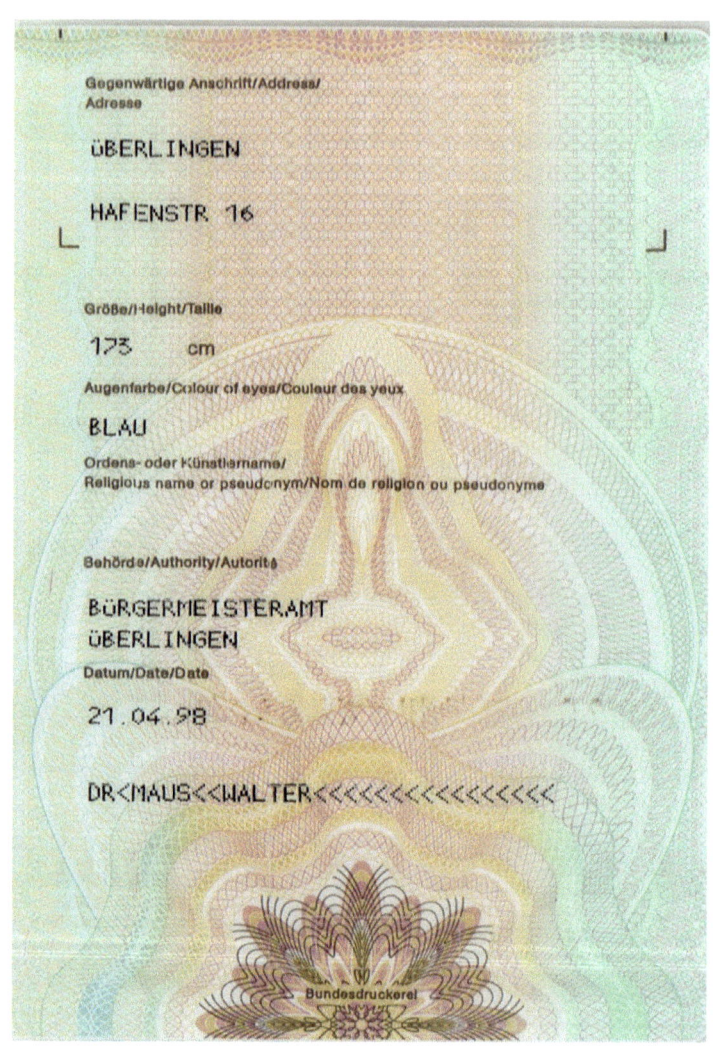

Gegenwärtige Anschrift/Address/
Adresse

ÜBERLINGEN

HAFENSTR 16

Größe/Height/Taille

173   cm

Augenfarbe/Colour of eyes/Couleur des yeux

BLAU

Ordens- oder Künstlername/
Religious name or pseudonym/Nom de religion ou pseudonyme

Behörde/Authority/Autorité

BÜRGERMEISTERAMT
ÜBERLINGEN

Datum/Date/Date

21.04.98

DR<MAUS<<WALTER<<<<<<<<<<<<<<<<<

Bundesdruckerei

Rückseite des Personalausweises

Ritter Topolino bei den Schlaraffen

Dr. Walter Maus im Schlaraffenreych

Erlaubnis zur Veröffentlichung

Ergänzung zu unseren Testament.

Nach meinem u. dem Tode meiner Frau soll mein Sohn Heribert alles was ich je geschrieben — Tagebuch, angefangene Geschichten, Verse, Berichte — eben alles — erhalten und nach seinem Gutdünken behandeln. Auch was bereits gedruckt ist, soll er erhalten.

Dr. med. W. R. Maus

Überlingen, den 28. V 2000

Ergänzung zu unserem Testament:
Nach meinem und dem Tode meiner Frau soll mein
Sohn Heribert alles, was ich je geschrieben habe -
Tagebuch, ...Geschichten, Verse, Berichte - eben
alles - erhalten und nach seinem Gutdünken
behandeln. Auch was bereits gedruckt ist, soll er
erhalten. Dr. med. W.R. Maus, Überlingen, den
28.05.2000

Feedback

Über ein Feedback zu den

Gedanken und Geschichten

von Dr. med. Walter Richard Maus,

der am 19. Mai 2002

in Friedrichshafen am Bodensee

im Alter von fast 83 Jahren starb,

würde sich sein Sohn

Diakon emeritus Heribert Steger, geb. Maus,

Diplomtheologe, Studienrat im Kirchendienst a.D.,

Religionslehrer im Ruhestand,

an seine E-Mail-Adresse unter:

heribert.steger@arcor.de

freuen.